私は存在が空気

中田永一

祥伝社文庫

目次

NOBODY
NOTICES ME

CONTENTS

少年ジャンパー

1

ひきこもりにも様々なレベルがある。勇者レベルの強者《つわもの》は部屋から一歩も出ないというが、僕のような初心者レベルは近所のコンビニくらいならだいじょうぶだ。こうなった原因は外見が醜《みにく》いせいである。ふつうの容姿であったなら、人と対峙《たいじ》しても気後れすることなく、汗をどろどろと流すこともなく、高校で友人もできていただろうか。女の子と顔をむけあって話せていただろうか。僕にとって女の子というのはまったく未知のものである。ちいさなころから嫌悪感しかむけられてこなかった。そのため三次元の女の子に苦手意識がつよくなり、反動で二次元の世界にしか安らぎを見いだせなくなった。最近では美少女イラストが表紙のライトノベルを好み、主人公が複数のヒロインから好意を抱かれる種類の物語ばかり読んでいる。

たとえば教室でこんなことがあった。はしゃいでいた男子生徒がぶつかってきて、僕の鞄《かばん》の中身をぶちまけてしまい、所持していたライトノベルが女子集団の足もとにすべっていってしまったのである。表紙には半裸の美少女のイラストが使用されており、女子集団はそのような絵に対していかがなものかという見解を抱いているらしく、ひややかな視線が僕に集中した。僕はすっかり赤面して顔面を汗でどろどろにしながら教室を逃げだすと、家にもどり、自分の部屋に飛びこみ、美少女イラストが印刷された抱き枕を抱きしめて泣いたものである。

僕のような醜い人間は不良にも目をつけられる。

「おい、大塚《おおつか》、ちょっとこんか」

七月の初旬、クラスメイトの不良たちから屋上に呼び出されて財布《さいふ》の中身を抜き取られた。

「それにしても気持ち悪い顔しとるなあ」

「こっち見んなや。吐きそうになるけんさあ」

「俺がおまえやったら、とっくに自殺しとっぞ」

「言うとっけど、これはいじめじゃねえぞ。面倒やけん自殺すんなよ」

不良たちはわらいながら屋上を後にする。入道雲のうかぶ透き通った青空を見ながら、僕はすっかりくやしくて、金網をわしづかみにしてうめき声をもらした。その翌日から学校に行くのはやめて、できるだけ部屋からも出ないことにした。父や母をなじり、どうしてこんなに醜い顔面に産んだのかと責めた。母は泣いていた。神様も僕の顔面のことをあわれんでくれたのにちがいない。ある日、何の前触れもなく【ジャンプ】の能力が身についた。

八月のお盆に親戚たちが福岡のわが家に来訪していた日のことである。

「カケルくんは部屋から出てこんとね?」

興味津々のおばさんの声が一階のほうから聞こえてきた。

「カケルくん、出ておいでよ! スイカがあるばい!」

「出てきたらお小遣いばやるぞ!」

お酒の入ったおじさんたちがどっとわらう。

「顔ば見せてごらんよ! おばあちゃんにそっくりやもんなあ!」

親戚たちの不躾《ぶしつけ》で無遠慮な言葉が聞こえてくると心が閉じていく。枕に顔をおしつけて泣きたくなる。絶対に出て行ってやるもんか。

そのうちに尿意をもよおしてきて僕は困った。トイレは我が家の一階にあり、そこへ行くには親戚たちの好奇の視線をあびなくてはいけないのだ。だめだ、それはできない。親戚たちが帰るまでトイレはがまんすることにした。

しかし尿意はふくれあがるばかりである。限界を感じ、空きペットボトルが部屋のすみにころがっているのを見つけて、そのなかに用を足そうかと一瞬だけかんがえる。高レベルのひきこもりにとってそれはメジャーな方法であるらしいが、僕はまだそこまでの境地にたどりつけてはいなかった。

名案をおもいつく。自室のある二階の窓から外に出て、雨樋《あまどい》をつたって地上に降り立ち、200メートルほど先にある近所の公園のトイレまではしるのである。ひきこもりとはおもえないアクティブな解決策だ。しかし、親戚たちの視線をあびるよりはずっとましだ。

さっそく行動にうつした。窓から身を乗り出し、一階部分の屋根の張り出したところに立つ。そのとき、足をすべらせた。転落する寸前、雨樋をつかんで、ぶらさがる。その手もはなれてしまい、ほんの一瞬、体のどこも世界に触れていない状態となった。

すこしの浮遊。

そして、足から地面に着地。

運動のできない僕が機敏な行動をとれたのは、尿意の限界が導いた奇跡であろう。

地面に降り立った僕の目の前に公園の公衆トイレがあり、裸足《はだし》のままそこにかけこんで用を足した。一息ついて、公衆トイレの床の汚さにおののき、水道で足をあらっていると、ふと奇妙なことに気づく。

家から公園まではしってきた記憶がないのである。雨樋にぶらさがり、地面に着地すると、もう目の前に公園の公衆トイレがあった。途中の200メートルほどの道のりはどこへ消えてしまったのだろう。そのときは気づかなかった。自分が無意識に【ジャンプ】をしていたのだということに。

瀬名《せな》先輩と出会ったのは十月中旬のことだった。その日にかぎって外出することにしたのは、大好きなライトノベルシリーズの新刊が発売されたからである。外出の支度《したく》をして母にお小遣いをねだったら、よろこんで千円札をくれた。息子が数日ぶりに家の敷地から出てくれるということが母にはうれしいようだった。

「がんばってこんね。応援しとっけんね」

声援をうけながら玄関で靴《くつ》を履《は》き外に出る。街の書店まで行くのに電車で数百円分の運賃がひつようだ。もったいないので、周囲にだれもいないことをたしかめて【ジャンプ】の能力を発動させた。移動先の情景をおもいうかべながら垂直に跳びはねる。

靴の裏が地面を蹴る音。

トン！

着地したとき、もうそこは家の前ではない。書店のすぐそばにある建物の裏だ。ふー、と声が聞こえたのでふりかえると野良猫が身構えていた。急に何もない場所から出現した僕におどろいて警戒しているようだ。建物の表側にまわると商店のならんだ通りを大勢があるいていた。書店に入り、ライトノベルの棚で目的の新刊本を手に取った。

瞬間移動。八月のお盆以来、空間を跳び越える事例が何度か偶然に発生した。一階にいたとおもったら二階にいる。脱衣所にいたとおもったらベッドにいる。それを自分の能力によるものだと自覚し、今ではすっかり使いこなせるようになっていた。テレビ番組の演出で、出演者が跳びはねた瞬間に場所が切りかわるというものがたまに見られる。移動シーンは編集によりカットされ、あたかも出演者が空間を跳び越えたかのような印象だ。【ジャンプ】の能力はまさにそのようなものだ。

『ジャンパー』という映画がある。二〇〇八年に公開されたアメリカのSF映画で、空間を瞬時に移動できる能力を持った青年が主人公の物語である。それを観たとき、自分にもこんな能力があったら人生変わるだろうなあとおもったものだ。しかし実際は変わらなかった。『ジャンパー』の主人公みたいに能力を悪用してお金を稼ぐような度胸もなく、有効活用もせずにもてあましている。僕は何よりも自分の部屋が大好きというひきこもりなのだ。行きたい場所というものがおもいつかなかった。わざわざ外に出て僕の醜い顔面を人様にさらすなんて馬鹿げている。だから【ジャンプ】などという能力を使う機会はそうそうなかった。

レジで精算して書店を出る。さきほどの建物の裏へとむかったら、不良たちが煙草《たばこ》を吹かしながらしゃがんでいた。まわれ右をしてその場をはなれる。【ジャンプ】を使用する際、人に見られるのは好ましくない。

電車で帰ることにしようか。運賃がもったいないけれど、よくかんがえてみれば、行き帰りともに【ジャンプ】で移動するとあまりにはやく帰宅してしまう。母がうたがいを持つだろう。「あんた、ほんとうに街まで行ってきたと？　嘘《うそ》じゃなかと？　千円ば返さんね！」と。

駅で切符を買ってホームに行くと、すぐさま後悔した。立ち並ぶ大勢の人のなかに見知った女子の制服が見えたのだ。僕が登校拒否している高校の制服である。顔をふせ気味にしてその人を観察した。クラスメイトではない。すこしほっとする。きれいな顔立ちの女子生徒だった。大勢のなかにいても、その人の周囲だけ光がほのかにちがってみえる。身長は僕とおなじくらいだろうか。髪が長く、大人びた顔立ちである。憂鬱《ゆううつ》そうな表情でホームの端のほうをあるいていた。

アナウンスが流れる。急行電車が通過するので気をつけるようにという内容だ。線路の先から車両がちかづいてきた。そのとき人のざわめきが起こった。「危ない！」とだれかがさけぶ。周囲の人がいっせいにそちらをふりかえる。憂鬱そうな表情であるいていたさきほどの女子生徒が、おばさん集団のお尻におされて足をふみはずし、ホームから転落したのである。

まさにこれから急行電車が通過しようとしている線路の上に彼女は横たわっていた。起きる気配はない。頭をうったのだろう。気を失っている。転落の原因となったおばさんたちは、「あらやだ！」「大変！」とさけぶだけで助けに行く気はないらしい。周囲にサラリーマンや若い男性が大勢いた。彼らのうちのだれかが線路におりて何とかしてくれるだろう。しかし急行電車が迫ってくるというのにだれも行動しなかった。僕は彼らに対して憤《ふん》慨《がい》する。目の前で女の子がピンチだというのに！　どうしてだれも助けに行ってあげないのだ！

運転士が女子生徒に気づいたらしく急ブレーキをかける音が響いた。耳がおかしくなるようなすさまじい高音だ。しかし、間に合いそうもない。鉄の巨大な塊《かたまり》が彼女に迫る。その子を救うには瞬間移動のような能力がひつようだろう。そこまでかんがえてようやく僕は、自分がその子を救うべきなのだと自覚する。ほかのだれでもない、この僕が。

トン！

その場で垂直に跳びはねると、視界が一瞬で切りかわり、僕は線路の上に着地する。足もとに女子生徒がたおれていた。ホームの上に大勢がならんでこちらを見ている。いっせいに彼らがおどろいていたのは、突如、何もない空間から僕が現れたからにちがいない。それとも、僕の醜い顔面の出現がショッキングだったのだろうか。

急行電車の先頭車両はすぐそこまで来ていた。女子生徒の体の下に腕を入れて持ち上げる。女の子に触れたのは、ほとんどはじめてだ。やわらかくて、あたたかくて、その子の体はほそかった。一般的にかんがえてその子の体はかるいほうだとおもうが、貧弱なひきこもりの僕にとっては重かった。腕の筋肉が悲鳴をあげる。【ジャンプ】するためには僕の両足が地面から離れなくてはならない。それがこの力のルールなのだ。その子を連れて行こうとするなら抱き上げなくてはいけない。気絶していたのは都合がいい。もしも目を開けていたら、僕の顔を見て、醜い宇宙人に連れ去られるとでもかんちがいされたかもしれない。まるでグランド・キャニオンのような岩ばかりの惑星へ連れて行かれて人体実験をほどこされると誤解されたかもしれない。

女子生徒の目が開いた。

「え?」

その子が僕の顔を見て声を出す。一瞬、僕の腕から逃げだそうとする素振りを見せたが、すぐそばまで迫っている電車の先頭車両に気づいた。運転席のガラスのむこうに、運転士の真っ青な顔が認識できるほどにちかい距離だ。車両が僕たちにおおいかぶさる寸前、僕は【ジャンプ】する。

トン!

視界が切りかわり、着地した拍子《ひょうし》にバランスをくずしてころんだ。女子生徒が床の上に落ちて尻もちをつく。急ブレーキの音や人々のざわめきが急になくなった。室内はしずかだ。僕は床に四《よ》つん這《ば》いになった状態で、心臓がおだやかになるのを待った。たすかったことへの安堵《あんど》とともに、顔面から汗がどろどろと出てくる。

「あの……、ここって……？」

女子生徒が立ち上がり、部屋に貼ってある美少女イラストのポスターやベッドの上の抱き枕を見まわす。

説明をしようとおもったが、呼吸がみだれたままで声が出ない。階段をあがってくる足音が聞こえた。

「あんた、帰ってきとったと？　そうぞうしかけど、なんばしょっとね？」

母が扉をあける。土足のまま部屋で四つん這いになっている息子の姿と、おなじく靴を履いた状態で頭とお尻をさすりながら突っ立っている制服姿の女の子を見て、母は沈黙し、そっと扉を閉めた。

2

「瞬間移動？　なんば言いよっと？」

予想はしていたが、彼女は僕の話をしんじてくれなかった。名前は瀬名ヒトエ、高校三年生だという。

「しんじられんよ、そんな話……」

「でも、ほんとうなんです」

警戒心を解くために、自分の名前や、おなじ高校に通っている一年生であることなどを伝えた。それにしても自分の部屋に三次元の女子がいるというのは不思議な光景だった。ひとまず靴を脱いでもらったが、瀬名先輩はうたがいのまなざしである。

「瀬名先輩、死にかけたとですよ、ついさっき」

「さっき一瞬、線路に落ちる夢ば見たけど……」

「夢じゃなかとです」

「じゃあ、証拠ば見せてよ」


トン！


瀬名先輩を背負って【ジャンプ】した先は夜の海岸だった。

「え？」

本能的に恐怖を感じたのか僕の首にしがみついて、先輩は周囲をきょろきょろと見まわした。そのたびに胸がぐりぐりと背中に押しつけられて僕は「えー⁉」と内心でおもった。

「ここは⁉　どこね⁉」

「アメリカの西海岸、サンフランシスコです。時差があるから、今はまっ暗ですね」

橋桁《はしげた》に照明を連ねたゴールデンゲートブリッジの姿が闇の中に浮かび上がっている。海峡にかかるこの吊り橋は、主塔の高さは水面から227メートル、橋桁はおよそ75メートルの高さにあり、僕たちのいる海辺の足場からは見上げるような位置にかかっている。照明の光の連なりが夜空をわたってのびていた。瀬名先輩はこわごわと背中から下りると、巨大な橋の姿に圧倒されながら海沿いの手すりにちかづいた。風に黒髪をゆらし、オレンジ色の照明が困惑気味な先輩の横顔を照らし出す。

「私、パスポート持ってきとらんよ？」

「逮捕される前に部屋へもどりましょう」

トン！

「あ、そうですか、ありましたか。それはよかったです。はい、これから取りにうかがいます。いえ、怪我《けが》はありません。ホームの下に隙間《すきま》がありますよね、咄嗟《とっさ》にそこへ逃げこんでたすかったみたいです。え？　消えたように見えた？　たぶん気のせいだとおもいます」

通話を終えて瀬名先輩はコードレス電話の子機を置いた。

「鞄、駅のホームに落ちてたって。運が良かよ。線路に落ちてたら電車にひかれてつぶされとったかもしれん。駅員さん、私が無事やってしって、ほっとしとった。でも、ちょっと面倒なことになっとるみたい」

鞄に入っていた持ち物から学校名がしらべられ、担任の先生や家族あてに連絡が行ってしまったとのことだ。これから先生と家族から事情説明をもとめられるのだろう。

「ばりやばかあ。学校さぼったのがばれたみたい」

「あの……、僕のことは、どうかひみつに……」

「わかっとるよ。その能力のこと、はぐらかすけんね。みんなにしられたらびっくりされるよ」

それからまじまじと僕の顔を見つめる。

「どうしたとですか?」

「あらためて見ると、大塚くんって、おもしろか顔しとるねえ」

「ほっといてください!」

「線路で目が覚めたとき、宇宙人に連れて行かれるちおもったとよ」


トン!

瀬名先輩を背負って【ジャンプ】で移動した先は駅ビルの男子トイレだった。なにもかんがえずにその場所をえらんでしまって後悔した。まさに今、小便器で用を足しているおじさんがいたのである。「うぇぇぇぇぁぁぁ⁉」とおどろきながらもうごけないおじさんをのこして、僕と瀬名先輩はその場を逃げだした。充分に離れた場所で立ち止まり、息を整えると、「なんばしょっとね！」と言いながら先輩が僕を小突《こづ》く。

瀬名先輩は人込みのなかをあるきだした。これから駅員のいる改札をさがして鞄を受け取らなくてはいけないのだ。自分の役目はこれで終了だ。

「あの、僕、帰ります」

聞こえなかったらしく、先輩は気づかずに行ってしまった。まあいいか。反対方向にむかってあるいて、だれもいない場所を見つけて【ジャンプ】した。

トン！

玄関先から空を見上げると、まだ夕刻にもなっていなかった。ひきこもってベッドの上ですごしているときは、あっという間に一日がおわるのに、今日はずいぶんと長く感じる。すずしい風がふいて、ついさきほどサンフランシスコの海岸でながめた瀬名先輩の姿をおもいだした。夜空をわたる光の連なりが、まっ暗な海に反射し、戸惑いと興奮のないまぜになった目で先輩はその景色を見つめていた。こんなことでもなければ、一生、言葉をかわすこともなかっただろう。

家に入って靴を脱いでいると母がやってきた。

「あんたいつの間に外におったと？　さっきの女の子はだれね？」

「あれは先生の差《さ》し金《がね》ばい。あんまり登校拒否しとるけん、クラスの人が僕を説得しに窓から押し入ってきたとよ。こわかったー」

などと言ってごまかす。

妹が中学から、父が会社から帰ってくる。日が暮れて夕飯の時刻になった。僕は昼夜逆転の生活がつづき、食事の時間があわないため、家族といっしょにテーブルをかこむことはあまりない。しかしその日は、めずらしくみんなとおなじ生活サイクルでうごいていたので、いっしょに夕飯を食べることになった。

「今日、駅で人がひかれそうになったち聞いたよ。ほんとうやか？」

妹がご飯を口にはこびながら発言した。父が焼き魚の身を箸《はし》でほぐしながら返事をする。

「それ、俺も聞いたばい。あぶないところやったたち。男の子が線路に飛びこんでたすけたげな」

「すごか人もおるったいねえ。カケルも今日、めずらしく外出したとよ。本ば買いに行ったとやんね？　えらかったばい。かっこよかったばい」

「おー、すごかぞ、カケル」

父母がほめる横で、妹が不快そうな顔をする。

「こっち見らんで、キモかけん」

妹はうすぎたないゲロでも見るような目である。ツンデレではない。正真正銘、ほんとうの憎しみがこもっている。物心ついたときから妹は僕のことを嫌っていた。顔面の醜さが原因だ。僕のせいでちいさなころから妹はいじめをうけていたのだ。家族のなかで僕だけが醜かった。父母と妹は正常な顔立ちである。じゃあなぜ僕のような顔面の子どもが生まれてしまったのか？　おそらく母方の祖母の隔世《かくせい》遺伝だろう。僕の顔面は母方の祖母にそっくりだった。

それにしても妹の突き刺さるような視線は、クラスメイトの女子のことをおもいださせる。僕の所持していた、半裸の美少女イラストが表紙のライトノベルを見られたとき、似たような視線をむけられたものである。そういえば今日は僕の好きなライトノベルシリーズの新刊本の発売日だったんだよなあ、などとかんがえる。

「あー！　わすれてた！」

僕は立ち上がり、おどろいている家族をのこしてテーブルを離れた。階段をあがるのも、もどかしい。

トン！

廊下に出たところで【ジャンプ】して、まっ暗な自室に着地する。電気をつけて室内をさがしたけれど、書店のレジで受け取った袋は見つからなかった。ホームで瀬名先輩をたすけたときに落としてしまったのだろうか。明日になったら瀬名先輩のように駅へ電話して落とし物をしらべてもらおう。面倒くさいなあとおもいながら、そのままパソコンを立ち上げてネットゲームをはじめた。

「もうご飯はよかと？」

階下から聞こえる母の声に返事をする。

「うん！　ごちそうさま！」

ゲームの経験値稼ぎをしているうちに夜が明けた。家族の起きる気配がする。カーテンはいつも閉めきっているので、窓から朝日が入ることはない。家族が朝食をとっているころに僕は眠気のピークが来てベッドに入った。

ピンポーン。

玄関チャイムが鳴った。気にせず眠りに落ちかけていると、階段をだれかがあがってくる。そしていきおいよく扉が開かれた。

「どジャァァ〜〜ん！」

　そう言いながら登場したのは制服姿の瀬名先輩だった。僕は夢でも見ているのだろう。先輩は見覚えのある袋を取り出してベッドに投げつける。

「それって大塚くんのよね？　線路に落ちとったらしかよ。私のだとおもって駅員さんが回収してくれとったと」

　ライトノベルの新刊本が入った袋である。僕は目をこすり、あらためて先輩を見る。夢ではないらしい。

「……あのう」

「寝起きはよけいに顔がおもしろかねえ。昨日のうちに学校で住所ばおしえてもらったとよ。おなじ高校って言ったのおもいだしたけん。一年生の大塚カケルでたずねてみたと」

「わざわざ持ってきてくれたとですか。ありがとうございます」

「よかよ。ところで、どうして学校の用意ばしとらんと？　寝坊したと？」

　僕はベッドを出て、開きっぱなしになっていた部屋の扉を閉める。廊下で家族が聞き耳をたてているような予感がしたのだ。

「先生から聞いてなかとですか？　僕、学校ばずっと休んどるとです」

「なんで？　風邪《かぜ》ね？」

「登校拒否しとるとです。世間はつらかとですよ。だから今日も休むとです」

「まいったな、大塚くんに学校まで【ジャンプ】してもらうつもりで来たとよ？」

「昨日しりあった僕を日常の移動手段にせんでください」

「その能力ば有効活用せん気ね？　だって、ルーラばい！　ルーラ！」

ルーラというのはドラクエにおける瞬間移動の呪文である。

「僕は部屋におるのが好きとです」

と言ったものの、せっかくだから瀬名先輩を高校まで送り届けることにした。【ジャンプ】するのは造作もないことだったし、たずねてきてくれたのがうれしかったのだ。

先輩の靴が玄関先にあったので、一度、外へ出ることにした。扉を開けると、階段をあわてておりる足音が聞こえてくる。やっぱり聞き耳をたてられていたらしい。

昨日、駅でいつのまにか僕がいなくなっていたことを怒りながら先輩が階段をおりる。階下で待ち構えていた僕の家族に気づくと、王族のような気品のただよう微笑をうかべて会釈《えしゃく》した。

「朝早くに失礼しました」

全員がその姿に見とれる。「どジャアァァ〜〜〜ん！」などと言わずにちゃんとしていれば、まったく非の打ち所のない芸術品のような容姿なのだ。

靴を履いて僕と先輩は外に出た。二日も連続して靴を履いたのなんて何週間ぶりだろう。

「すぐにもどってくるけん」

家族に言いのこして僕は玄関扉を閉めた。


トン！


視界が切りかわり、高校の屋上に着地する。かつて不良たちにお金をとられた場所だった。

「一瞬やねえ！　まさに一瞬！　さっきまで大塚くんちの前におったとに！」

背中から下りて、朝日のなかで瀬名先輩がわらう。屋上の端にちかづいて転落防止用の金網越しにのぞくと、登校してくる大勢の生徒の姿があった。すこし前までは僕もそのなかにいたのだ、とおもうと胸が苦しくなる。高校の敷地に自分がいることを意識すると、足がふるえてきて、きもちがわるくなってきた。

「地球上のどこにでも行けるとね？」

「行ったことのある場所じゃないと無理です」

「ルーラとおなじやねえ。昨日のおおきな橋のところは？」

「サンフランシスコには小学生のとき家族旅行で行きましたから」

「じゃあ東京は？」

「行けますよ。修学旅行で行きました」

瀬名先輩と話をしていると、次第に足のふるえがおさまってくる。学校でこんな風にだれかと言葉をかわしたことなんて、これまでにあっただろうか。僕の破滅的な顔面から目をそむけずに話しかけてくれる人なんていただろうか。

校舎内へ入るための鉄扉をしらべる。鍵がかかっていた。

「もう一回、【ジャンプ】しましょう。扉のむこうがわに行かんと」

「まだよか。時間があるけん、ちょっとここに居《お》ろうや」

チャイムが鳴るまで僕は瀬名先輩と屋上にいた。瀬名先輩が僕にいろいろな質問をぶつけてくる。最初に【ジャンプ】したきっかけは？　なぜ登校拒否しているのか？　いつも部屋で何をしているのか？　朝の澄《す》んだ空気のなかで、瀬名先輩は目を生き生きとさせていた。僕は瀬名先輩と連絡先を交換し、生まれて初めて女子と友人関係をむすんだ。瀬名先輩は僕の顔面に不快さを感じていないらしく、まっすぐに目を見て話しかけてくれた。瀬名最初のうちは緊張したが、そのうちにすっかり気負うことなく言葉のやりとりができるようになった。

それ以来、僕たちはときどき会うようになった。瀬名先輩が下校途中に僕を呼び出して、十分だけ京都に行って八つ橋《やはし》をつまみぐいしたり、北海道の牧場で牛をながめたりするのにつきあった。そのうちに僕は瀬名先輩のことがすっかり好きになっていた。それはおそらく恋愛感情というものだったが、その感情を表に出したら笑いものになるだけだろうし、そもそも先輩にはつきあっている人がいた。

3

「ビルがどれも煤《すす》けて見えるっちおもわん？」

制服姿の瀬名先輩は、山手《やまのて》線からの車窓を見ながらつぶやいた。西日に照らされて都会の街並みが橙《だいだい》色に染まっている。さきほど地元の福岡にいたとき、こんなに太陽はかたむいていなかった。この時期、東京は福岡よりも四十分ほど先に日没が訪れるのだ。車内には会社帰りのサラリーマンや学校帰りの高校生集団がいる。東京で暮らしている、東京の人たちだ。

「天神《てんじん》のほうがビルがでかくてきれいっちおもわん？」

瀬名先輩は東京のわるいイメージばかり口にする。東京に敵意を抱いているらしい。彼氏さんのことが原因だろう。

先輩の彼氏さんは昨年に僕たちと同じ高校を卒業し、現在は東京の大学に通いながら一人暮らしをしているそうだ。僕はしっている。こういうのを遠距離恋愛というのだ。

「彼氏さんはこの時間、大学ですか?」

「たぶん、バイトだとおもうんよ。……メールに書いてあることがほんとうならね」

最近、彼氏さんの様子がおかしい、と瀬名先輩は主張する。メールの返事がおそかったり、電話に出なかったり、手紙の返事が来なかったりするというのだ。

「気のせいじゃなかとですか? 大学の勉強とか、バイトとかが、いそがしかっちゃないとですか?」

「そうかもしれんけど! 浮気の可能性があるばい! 東京の大学よ⁉ 東京の! かわいい子がそこらじゅうにおるはずばい!」

山手線のなかで大声をだすものだから、ちかくの人が瀬名先輩をふりかえり、そして僕の顔面を見て、いったいどういう組みあわせなのかと不思議そうにしている。なにせ顔面偏差値トップレベルと最底辺という、通常ならありえない者同士がならんでいるわけだから。

彼氏さんがほんとうに浮気をしているのかどうかはわからないが、瀬名先輩は不安で夜も眠れない日がつづいていたらしい。ホームから転落した日、瀬名先輩は学校をさぼって新幹線に乗り、一人で東京に行こうとしていたそうだ。駅のホームを睡眠不足の頭でふらつきながらあるいていたところ、おばさんのお尻がどーんとぶつかってきて、線路の上に転落したというわけである。

瀬名先輩は車窓のむこうに広がるビル群をにらんでいた。これから僕たちは彼氏さんのところに行き、先輩以外の女性の気配がないかどうかを遠くから観察するつもりだった。【ジャンプ】の能力を使用すれば、学校を休まなくとも、放課後にふらっと東京へ立ち寄ることが可能なのである。

「……ゆるすまじ、東京」

と言いながら瀬名先輩は鞄から本をとりだしてながめはじめる。東京のスイーツを特集したガイドブックだった。僕の視線に気づいて先輩は言った。

「東京ばたのしもうとかおもっとらんよ！　敵のことば調査するために買ったとよ！」

「付箋《ふせん》がいっぱいはってありますけど」

「東京はおそろしか。危険な場所がいっぱいあるばい。大塚くんも気を抜いたらいかんよ。もってかれるばい」

新宿《しんじゆく》駅で山手線をおりて、迷子になりながら駅構内をあるき、中央《ちゆうおう》線に乗りこんでしばらく移動する。

「ついたばい、おりるよ。この駅でバイトしよるち、メールに書いとったけん」

吉祥寺《きちじようじ》駅のホームで、僕たちは電車をおりた。瀬名先輩が遠距離でおつきあいしているという彼氏さんは、スターバックス風のカフェではたらいていた。店の前から彼氏さんの存在をガラス越しに確認する。事前に携帯電話の写真で彼氏さんの顔を見せられていたのですぐにどの人かわかった。その姿を視界に入れた瞬間、瀬名先輩はその場を逃げだした。はしって追いかけてつかまえる。

「先輩！　どうしたとですか⁉」

「いきなりほんものがおったけん！　見つかるわけにはいかんと！　私、制服やけん、すぐわかってしまうもん！　大塚くん、私のかわりに様子ば見てきて！　大塚くんだけがたよりばい！」

彼氏さんはおなじ高校の出身である。瀬名先輩の制服には見覚えがあるはずだから発見される可能性が高い。それにひきかえ僕は今日もひきこもっていたので私服姿である。どうやら僕ひとりで店内に入って間近から彼氏さんの様子をさぐってこなければならないらしい。

「はい、これ。ｉＰｈｏｎｅば貸してやるけん、たくさん撮ってきてね。見つかったら承知せんよ？　それから、他のバイトの女の子との親密度もしらべてきてね。何回、視線をあわせたか記録せないかんよ？」

「あのう……」

「なんね？」

「注文の仕方がわからんとです。ひきこもりやけん……」

僕たちは人のいない場所をさがしてあるいた。おしゃれな玩具屋《おもちゃや》さんの角をまがって路地に入ってみる。ちいさな芝生《しばふ》の公園を見つけた。そこで僕はスターバックス風のカフェでコーヒーを注文する練習をさせられた。レジの並び方、コーヒーの種類、サイズの種類、受けとり場所の確認などを、瀬名先輩がていねいにおしえてくれた。

「福岡では、だいたいそれでだいじょうぶばい。でも、ここは東京やけんね。何がおこるかわからん。福岡にはないルールがあるかもわからん。そうなったらお手上げばい。でも、安心してね。骨はひろってやるけんね」

瀬名先輩に見送られて、緊張でがちがちになりながらカフェに入った。まずは商品を決めてから店員に話しかけようとおもい、レジの上に表示されているメニューをながめていたら、「こちらへどうぞ」などとレジカウンターの女性店員に声をかけられてむかわざるをえなくなった。レジカウンターにおかれたぺらぺらのメニュー表は、緊張した頭ではうまく文字を認識できず、あわあわとなっていたら後ろに人がならびはじめてしまい、はやくしなければとあせり、てきとうにメニューを指さして「これください！」と言ってみる。

「はあ、それは、トッピングのホイップクリームですけど……」

「これ！　これにトッピングしてください！」

【ジャンプ】で逃げだしたくなるのをこらえて、ともかく何でもいいからドリンクらしきものを指さす。お金を支払い、受けとりカウンターでホイップクリーム入りのオレンジジユースという不思議な飲み物を受けとり、目立たない席から彼氏さんを観察した。

その人は笑顔のさわやかな好青年だった。すっきりした顔立ちで、やさしい目をしている。酔っぱらいの吐瀉物《としゃぶつ》みたいな僕の顔面とは根本から造りがちがっていた。すこしだけほっとする。瀬名先輩が、たとえば僕を屋上に呼び出した不良たちのような人とおつきあいしていたら嫌だなとおもっていたのだ。借りたiPhoneで盗み撮りして、他の女性店員との親密度を推し量《お はか》る。彼氏さんが浮気をしているかどうか、はたらいている風景を見ただけではなにもわからなかった。

「なんとなく、直感ですが、瀬名先輩のかんがえすぎちおもいますよ」

店を出てさきほどのちいさな公園で瀬名先輩と合流した。iPhoneを渡すと、撮影したものを液晶画面で確認する。

「よかった。変わってたらどうしようち、おもっとったと」

撮影された彼氏さんの姿に、瀬名先輩はほっとした声をもらす。

「変わっとらんやったですよ、彼氏さん」

「大塚くん、しらんやろうもん」

「そうですけど。そんな気がしたとです」

すっかり日が暮れていた。吉祥寺の東急《とうきゅう》裏の雑貨店がところせましとならんでいる一画にあるちいさなちいさな公園で、瀬名先輩はすこし泣きそうな表情で笑みをうかべた。

遠く離れた場所にいるというだけで、きっといろいろな不安が芽生えてくるのだろう。僕にはそのような経験がないし、この先もないのだろうな、と同時におもってすこしさびしくなる。

「よかねえ、大塚くんは。いつでもここに来れるとやけん。新幹線で片道五時間半、二万二千円の距離が、一瞬やもんねえ」

「ところでその紙袋はなんなんですか?」

「なんでもなかよ。東京はおそろしかところばい」

別行動している間、瀬名先輩は敵である東京のことをよくしるために雑貨店やカップケーキの店などを調査していたらしい。大量の紙袋は調査結果だそうである。

トン!

福岡の空もすっかり暮れている。移動した先は、瀬名先輩の自宅があるマンションの屋上だった。僕はすっかり都合のいい移動手段となっており、おくりむかえに便利だからと、自宅マンションの屋上に連れてこられて、いつでも【ジャンプ】で移動できるように登録してあるのだ。

「ふう、今日のところは、これでおしまいやねえ」

瀬名先輩が夜空を見上げて言った。

「今日のところ？　この調査って、まだ続くとですか？」

「そうよ？　一度吉祥寺の地面を踏んだけん、もういつでも行けるとよ？　今度は私も、変装して店に乗りこむばい」

その日以来、学校が終わると瀬名先輩に呼び出されて彼氏さんの調査に駆り出されるようになった。制服姿の瀬名先輩を学校のそばの物陰で回収し、自宅マンションの屋上まで【ジャンプ】し、部屋で着替えてきた瀬名先輩と吉祥寺にむかった。いっしょにカフェの店内で彼氏さんを観察することもあれば、先輩だけが店内に入ることもあった。別行動のとき僕は福岡の自室にもどってベッドに横たわりライトノベルを読むか美少女ゲームをすすめ、腕時計のアラームが鳴ったら吉祥寺にもどっていつもの公園で合流した。

瀬名先輩は彼氏さんを遠くから見ているだけだった。決して声をかけなかったし、見つからないように気をつけていた。【ジャンプ】で吉祥寺に連れて行くかわりに、僕は瀬名先輩にそのような約束をしてもらったのである。

「もしも見つかったら、もう【ジャンプ】で吉祥寺に連れて行かんですよ。だってそうでしょ。ややこしいことになるかもしれんけん。この能力のことがばれるかもわからんです。それは避けたいとです」

「わかった、見つからない。約束する」

先輩は律儀《りちぎ》にそれを守ってくれた。遠くから姿を見ているだけで安心してくるらしく、彼氏さんのことで不安におもうようなこともなくなったという。

しかし僕は念のため個人的に彼氏さんのことをしらべてみることにした。自室から吉祥寺に【ジャンプ】し、バイト終わりの彼氏さんを尾行し、住んでいるアパートをつきとめた。大学構内をあるいているのを遠くからながめて、テニスサークルでの活動を双眼鏡で監視し、飲み会がおこなわれている居酒屋の前で彼氏さんと仲間たちが出てくるのを待った。浮気の気配はまったくなかった。それどころか、牛丼のチェーン店のカウンターで、携帯電話に保存されている瀬名先輩の写真をながめてやさしい表情をしている様子まで目撃してしまった。メールの返信がおそかったり、電話が通じなかったりしたのは、ほんとうに彼氏さんが勉強やバイトでいそがしかっただけなのだろう。あるいは、遠距離で、はなればなれになっていることへの不安感がそう感じさせてしまったのだろう。

そしてある晩のこと、彼氏さんがいつも深夜零時にやってくるコンビニで、立ち読みするふりをしながら観察していたら、目が合って「あれ？」という表情をされた。ちかづいてきて、おもむろに話しかけられる。

「いつも、店に来てくださってる方ですよね？」

「は、はあ……」

「やっぱり！　この辺にお住まいなんですか？」

「ええ、まあ、ちょっと……」

などとぎこちない会話をして僕は逃げだす。


トン！


コンビニから離れた場所で【ジャンプ】をして、おもわず出現した場所はサンフランシスコのゴールデンゲートブリッジの見える場所だった。そこで僕はうつむいて立ちつくし、自己嫌悪にさいなまれた。ぐるぐると頭のなかが、かんがえごとでうめつくされる。彼氏さんは正真正銘のいい人だった。それに引き替え、僕は醜い。顔だけでなく、心まで腐《くさ》っている。なぜなら、彼氏さんが浮気していないことに安堵し、同時に落胆もしていたからだ。浮気の証拠を見つけたら、瀬名先輩に伝えていただろう。そして破局させてやりたいというおもいがすくなからずあったのだ。

僕は嫉妬《しっと》していた。瀬名先輩の愛情を独り占めしている彼氏さんの心に、邪《よこしま》なものを見つけて、あわよくば攻撃したかった。二人の関係は距離の隔《へだ》たりによって異質なものになってしまったのですよと。しかし実際は何も変わっていなかったのだ。

自分自身に問いかけてみる。二人を破局させてどうしたかった？　彼氏さんのいる位置に自分がおさまりたかったのか？　この醜い顔面で？　そもそも、ほんとうにおまえは瀬名先輩のことが好きなのか？　どうして？　先輩はきれいだ。それが理由か？　これまでに容姿のことで散々馬鹿にされてきた自分が、今度は容姿で人を選んでいるのか？　容姿で人を判断しているのか？　それってどうなんだ？

いや、容姿で好きになったのではない。話しかけてもらったからだ。こんな顔面の僕に対しても、わけへだてなく対話してくれた。そういった性格に惹《ひ》かれたのだ。

しかしそれもまた錯覚ではないのか？　僕はこれまで女子と会話をしたことがほとんどない。免疫がなかったのだ。そこに突然、先輩があらわれたから、おもわず惹かれてしまったのではないか。他のだれかでもよかったのではないか。僕はとにかくさびしかったから、すぐそばにちかづいてきただれかのことを好きになりたかったのではないか。

瀬名先輩が親しくしてくれるのは、僕に【ジャンプ】の能力があるからだ。そんなこと、わかりきっているではないか。僕は先輩の移動手段なのだ。学校帰りに京都や北海道や吉祥寺に行くための道具なのだ。いつでも彼氏さんの様子を見に行ける。だから話しかけてもらえるのだ。僕にそんな能力がなければ、声をかけてもらえることさえないのだ。なにせこんな顔面だ。腐って蛆《うじ》のわいた林檎《りんご》みたいな顔なのだ。

白人警官がちかづいてきて僕に英語で話しかける。心配そうな表情だ。自分が今、ゴールデンゲートブリッジのそばにいることをおもいだす。僕はそんなにくるしそうな顔をしていたのだろうか。この巨大な橋の前で、切羽《せっぱ》詰まった様子の人がいたら、警官は声をかけざるをえないのだ。ゴールデンゲートブリッジは世界有数の自殺の名所であり、そこで死ぬためにアメリカ全土から人があつまってくるような場所なのだから。

ある日、瀬名先輩が聞いた。

「大塚くん、ゴールデンなんとかって橋のところ以外に、アメリカで行ける場所ある？」

「サンフランシスコ市内ならたぶん行けますけど」

「グランド・キャニオンってしってる？」

「観光名所ですよね、アメリカの。アリゾナ州でしたっけ？」

「しらんけど。昨日、旅行番組でやってたとよ。すてきなところやったばい。でも、行ったことなかなら【ジャンプ】で行くのは無理やねえ。いつかそこで朝日ばながめたかねえ」

いつものように着替えて東京の吉祥寺へと移動する。周囲を建物にかこまれたちいさな公園の地面に着地したとき、数人の子どもたちがそこであそんでいた。急に出現した僕と瀬名先輩を見て「え～！」「なんで～⁉」と不思議そうにしている。瀬名先輩は僕の背中から下りて子どもたちに言った。

「私たち未来から来たとやけど、このことは秘密ばい。お父さんやお母さんにも言わんでね」

僕をふりかえり、あえてつよい方言で会話する。

「じゃあ大塚くん、また一時間後にここんこんか。まっとっけん。ばってんかっさい、おくれるごたったら電話して。私の電話番号しっとっとやろ？　前に交換したもんね？」

そして子どもたちの方を見て、にやっとわらう。

「今のが、未来の言葉よ」

瀬名先輩は彼氏さんを遠目から見るためにカフェへ行き、僕は子どもたちの期待に満ちた目の前で【ジャンプ】するべきかまよったけど、やっぱり人気のない場所に移動してこっそり跳びはねる。

トン！

福岡の自室で恋愛シミュレーションゲームをしていると、すぐに一時間が経過して腕時計のアラームが鳴った。データをセーブして福岡から東京へむかう。

トン！

公園にさきほどの子どもたちの姿はなく、そして瀬名先輩もいなかった。しばらく待っても先輩が来る様子のないまま、空が暗くなっていく。

公衆電話をさがして、先輩の電話に連絡を入れてみた。

「もしもし?　瀬名先輩ですか?　今、どこにおるとですか?」

「……大塚くん、実は、こまったことになったばい」

「なんです?」

「それが、その……、見つかってしまったとよ……」

経緯を聞いてみた。瀬名先輩はカフェの店内で彼氏さんをこっそりながめてにやついていたという。すると横から男の人がちかづいてきてナンパされたらしい。お断りしていると、つい声がおおきくなってしまい、その声と方言に彼氏さんがふりかえって、ついに瀬名先輩の存在に気づいてしまったのだという。

「彼氏さんにはどげん言ったとです……?」

「おどろかそうちおもって、連絡しないまま新幹線に乗ってきたち説明したと」

「これからどげんするとです?」

「今日は東京に泊まっていくことになったけん。親にはもう連絡しとる。友だちの家に泊まるち言うたら納得してくれたばい。明日が土曜日でよかった。学校があったら許可してもらえんやったかもねえ」

トン！

翌日の土曜日、昼過ぎに僕は瀬名先輩をむかえに行った。バイトに行く彼氏さんとわかれて、吉祥寺のちいさな公園に先輩がやってきた。【ジャンプ】のために背負うと、いつもとちがう香りがただよってきた。彼氏さんの部屋にある石鹸《せっけん》やシャンプーをつかったせいだろう。僕は急に胸がくるしくなる。

トン！

瀬名先輩の自宅マンションの屋上に着地し、瀬名先輩が背中から下りる。

「部屋に浮気を感じさせる証拠はなかったとですか？　たとえば化粧品やら」

「なかったばい。抜き打ちで部屋に入ることになったとに」

「よかったじゃないですか。彼氏さん浮気してなかったんですよ。もう不安におもうことはなんにもないですね」

「うん、ほっとしたばい」

「じゃあ、お願いがあるんですけど」

「なん？」

「もう僕を移動手段に使うのはやめてくれんですか？」

瀬名先輩は、おどろいた様子もなく、しゅんとした様子でうなずく。

「……わかっとるよ、ごめんね。約束やもんね」

そういえば、彼氏さんに見つかったら【ジャンプ】で吉祥寺に来るのは禁止にすると言っておいたのだった。

「そうですよ、もちろん、おぼえてます。約束をやぶったわけですからね」

「あーあ……」

ざんねんそうな声を出して、瀬名先輩は空をあおいだ。

4

【ジャンプ】で東京へ行けなくなると、瀬名先輩からの呼び出しはすくなくなり、やがてぱたりと連絡が途絶えた。瀬名先輩のことはわすれようとおもい、僕は二次元の世界に没入する。パソコンで美少女ゲームをプレイして、プログラム上の女の子と交際した。だれがどう見てもこれは立派な遠距離恋愛だった。【ジャンプ】で移動することができない次元の壁のむこうに僕をなぐさめてくれる存在がいる。決してそこへは行けないのだから、これは清い交際でもある。こういうのを気持ち悪いとおもう人が大勢いるにちがいない。

しかし醜い顔面で生まれてきて三次元の女子からさげすみの言葉ばかり聞いてきた僕は、二次元世界の女子にやさしい言葉をかけてもらって確実に魂《たましい》が救われている。眉《まゆ》をひそめる人は、きっと、しあわせな人なのだ。

あいかわらず妹は顔をあわせるたびに「キモい」を連発する。妹は僕に死んでほしいと本気でおもっている。何かを言われるたびに僕は萎縮《いしゅく》し、目をそらし、頭のなかにゴールデンゲートブリッジをおもいうかべる。うつくしく、荘厳で、世界的に有名な自殺の名所。その橋の入り口にはカウンセリングをすすめるプレートがはってある。飛び降りて着水するまでに4秒、時速にして120キロのスピードが出るという。水面にぶつかると全身骨折および内臓破裂などで死亡する率は98％。着水時に命があったとしても低い水温による低体温症でじきに死亡するという。確実に死ねる。だからその場所は人気が高い。富《ふ》士山麓《じさんろく》の樹海《じゅかい》を抜いて世界一位の自殺の名所となっている。

三次元はつらい。高所から飛び降りてぺちゃんこになって二次元の世界へ行けないものだろうか。僕はこの顔で生きていくのがもうしんどい。生まれた瞬間に人生がハードモードだ。普通、だれでも、ちいさなころの写真はかわいらしいものだけど、僕の場合はちがっていた。幼稚園に通っていたときから僕の顔は醜く運動会でも注目の的だった。この顔の造りは祖母の遺伝によるものだ。まだ顔の良し悪しなどよくわからないちいさな僕の相手をしながら祖母が泣いていたのをおぼえている。

「おばあちゃんに似らんように、神様におねがいしたとばい。でも、だめやったねえ。ごめんねえ」

孫の人生が過酷なものになるであろうことを祖母は理解し、僕のために泣いてくれたのだ。やさしくて大好きな祖母は、もうずっと前に他界していた。

「なんであんた、うちにおると？　ちょっと、キモいんですけど」

トイレから出たところで妹に遭遇してそんなことを言われた。

「瀬名先輩だっけ？　どうしてこんなキモい顔の人に電話してくるのか、不思議だったんだけど。お金でも貢《みつ》がされとったんじゃないの？」

僕がにらんでも妹は無視をする。

「最近、連絡ないとやろ？　もう用なしってことじゃなか？」

「この顔の遺伝子、おまえのなかにもあるとぞ。将来、子どもば産んだとき、こういう顔の赤ちゃんが出てくるかもしれんとぞ。それでも愛さなくちゃいかんとぞ。その覚悟はあると？　瀬名先輩はそんな人じゃなか。あやまれよ。あやまれったら……」

妹は口ごもり、憎しみのこもった目をむけて「キモい」と言い放ち、どこかへ行ってしまった。僕はトイレの前で瀬名先輩のことをかんがえる。先輩はもう僕に会う理由なんてないのだろう。【ジャンプ】で彼氏さんに会いに行けなくなったから。

「用なし」という妹の言葉が頭のなかにこびりついて消えなかった。そりゃそうだよなあ、とおもう。僕のような人間が、これまで瀬名先輩に親しくしていただいたことが、そもそも特殊なことだったのだ。元にもどっただけなのだ。僕はため息をついて、美少女ゲームのつづきをプレイするために階段をあがろうとする。そのとき電話が鳴り、受話器をとった母が僕を呼んだ。瀬名先輩からの呼び出しだった。

トン！


視界が切りかわり青空がひろがる。冷たい風がふいていた。しばらく外へ出ないうちに季節が変わろうとしている。瀬名先輩の自宅マンションの屋上に着地して、ふりかえったところになつかしい姿があった。僕に気づくと、手をふってちかづいてくる。

「大塚くん！　元気やったね⁉」

僕は平静なふりをして頭をさげた。

「ひさしぶりです、どうも……」

私服に上着をひっかけている瀬名先輩が、笑みをひろげて紙袋を突き出した。「どジャァァ〜〜〜ん！」という効果音を口で言いながら。

「なんです、これ？」

「旅行に行ってきたけん、大塚くんにお土産《みやげ》ばい」

紙袋を受けとり中をのぞいてみると、【東京ばな奈《な》】や浅草《あさくさ》名物の【雷おこし】が入っていた。

「この前、一人で行ってきたとよ。あいかわらずこわかったばい東京は。自分がいったい何者なのかを見失うところやったばい」

「彼氏さんに会いに行ってきたとですね?」

「そうよ。大塚くんがいじわるして連れて行ってくれんけん、飛行機で行ってきたとよ。時間もかかるし、お金もかかるし、大変やったとよ」

飛行機のチケットは、先輩がバイトをしてお金を貯めて買ったのだという。

「でも、どうして僕に、こんなお土産ばくれるとですか?」

「だってほら、世話になったたし、命もたすけてもらったけんね。それに、友だちやけんね」

だれかにお土産なんてもらうのは、はじめてだったし、ずっしりとそれは重かった。もう完全につながりは切れたものだとおもっていた。でも、そうじゃなかったらしい。

「あ、ありがとうございます……」

「よかよ。ちなみに私の誕生日は来週やけん」

「え?」

「あ、べつに、深い意味はなかけどね。そういえば、私の誕生日、来週やったなあってつぶやいただけよ。ひとりごとばい」

鈍感《どんかん》な僕でも察することができた。この人はどうやらプレゼントを要求しているのだと。

「東京よりもおそろしかものがあるとしたら、三次元の女の人ばい」

僕がつぶやくと、先輩がにこにこした顔で「何《なん》ち？」と聞いた。

だれかの誕生日に何かをあげるというのは、はじめてのことだった。いったい何を贈ればいいのかわからない。思案のはてに僕はおもいつく。まずはグランド・キャニオンのことをしらべることにした。そこに行ってみたいと先輩が言っていたのをおぼえていた。そこへ連れて行ったらよろこんでもらえるのではないか。僕は先輩にグランド・キャニオンをプレゼントすることに決めた。

グランド・キャニオンはアメリカ合衆国アリゾナ州北部にある峡谷である。その雄大な景色は世界遺産にも登録され、アメリカ有数の観光名所にもなっているという。しかし僕が家族旅行で行ったことがあるのはサンフランシスコ市内だけなので、【ジャンプ】でグランド・キャニオンへ行くことはできない。瀬名先輩をそこへ連れて行くには、まずはじめに、僕一人でその場所に行き、地面を踏んでくることがひつようだった。

サンフランシスコ市内からグランド・キャニオン国立公園までの一人旅を計画する。ネットでしらべてみると、徒歩で移動する場合、１２６３キロメートルの距離を２６０時間ほどかけてあるかなければならないらしい。飛行機で移動するのが一番、楽そうだったけれど、なんだかこわいので避けることにした。国内線に乗る場合も、パスポートの提示を求められることがあるという。パスポートを持っていってもいいけれど、出入国のスタンプが押されていないことに気づかれたらやっかいだ。

それにしても、中学校で習ったレベルの英語しかできないうえに、非社交的で、おまけに顔の醜い僕が、はたしてアメリカ国内をたった一人で移動できるのだろうか？　不安はあったが、どうしようもなく危ない目にあったときは【ジャンプ】で逃亡すればいい。

家族が寝静まった深夜に僕は家を出た。肌寒い夜だった。車庫から自転車を引っ張り出し、両腕に抱えて【ジャンプ】する。

トン！

視界が切りかわり、まぶしい日差しに目を細める。青空の下に巨大な赤色の橋がそびえていた。ゴールデンゲートブリッジのうつくしい姿をながめることのできる海峡沿いの場所である。日本よりもほんのすこしあたたかかった。様々な人種の観光客がいて、そのうちの何人かが僕の出現する瞬間を見たらしく、目をこすって不思議そうにしている。

僕の体といっしょに空間を移動してきた自転車に乗り、アメリカ大陸の地面をすすみはじめた。橋が遠ざかるにつれてペダルがかるくなる。街に入ったところで銀行を探し、日本円をドルに換金する。緊張したけれど、吉祥寺のカフェで注文したときほどではない。地図を見ながら移動し、よくテレビなどで見かける路面電車の走る坂道を通り抜けた。道に迷いながら目的のバスターミナルを発見し、カウンターでしどろもどろの英語を話して、翌日のラスベガス行きの長距離バスのチケットを予約購入する。そこまでで初日の移動を終えることにした。自転車をかかえて【ジャンプ】。

トン！

日本の自宅にもどり、ベッドで明日の予定を再チェックしていると、窓の外が明るくなってきて夜が明けた。家族が起きてきて朝食をとりはじめるころに僕は眠りにつく。

「ちょっとゲームに没頭するけん、部屋をノックしても返事できんかもしれん。夕飯もひつようなか。そっとしといて」

次の日、母にそうことわって部屋にひきこもったふりをしてサンフランシスコのバスターミナルに【ジャンプ】する。

トン！

ラスベガス行きのバスに乗りこんだ。新聞を読んでいる白人のおじさんや、おしゃべりしている黒人女性たちがおなじ車内に乗っている。黄色人種は僕だけだ。乗車中、乗り物酔いに苦しみながら何冊もライトノベルを消化する。休憩のためにだだっ広い駐車場に停まると、僕はバスをおりて【ジャンプ】し、自宅のトイレで用を足して、未読のマンガを何冊もかかえてもどってくる。十四時間以上かけてラスベガスに到着した。長距離バスの移動はさすがに疲れ果て、他の乗客たちも瀕死状態だった。バスをおりていく米国人のなかには、運転手の肩をたたいたり、握手をもとめたりする人がいてほほえましかった。

トン！

居間のソファーにたおれこむと、疲労のためにしばらくうごけなかった。

「あんた、そげんなるまでゲームせんでもよかやんね。たまには外に出らんね」

とりこんだ洗濯ものをかかえて母が通りすぎた。

ラスベガスまで到着したらゴールまでもうすこしだった。この先、グランド・キャニオン国立公園までの移動にはレンタカーが良いとネットに書いてある。しかし僕が持っているのはひきこもり初心者レベルの免許だけなので運転なんてできやしない。幸いなことに、ラスベガスからグランド・キャニオンへの日帰りバスツアーがたくさんあるらしいので、それに参加を申し込むことにした。自宅のパソコンで日本人むけのツアーを探して電話で予約する。「お泊まりのホテルは？」とたずねられたので、ガイドブックに載っている有名なホテルの名前を告げた。

トン！

当日の朝、ホテル前で待っていると送迎バスがやってきた。バスターミナルに移動して大型バスに乗りかえてグランド・キャニオンへ出発する。ツアー参加者は年配のご夫婦か、新婚のご夫婦かのどちらかばかりで、一人で参加しているのは僕だけだ。なんだか居心地のわるさを感じていると、バスのなかで老夫婦が話しかけてきて、お菓子をたくさんわけてくれた。ツアーの間中、僕はその老夫婦といっしょに行動した。

ツアーにフーバーダムの見学も組み込まれており、検問所で捜査官がバスに乗りこんで爆発物がないかをしらべた。グランド・キャニオンちかくの村でランチをとり、昼過ぎにようやく目的地へ到着した。「ヘイ！　ファニーフェイス！」と言いながらすれちがう米国人がいたけれど、僕はそれに手をふりかえすのもわすれて、その景色に鳥肌をたてる。

もしも目の前の地面が、東京タワーとスカイツリーをあわせた高さよりも深くえぐれていたら？　そんな断崖が地平線までつづいていたとしたら？　そこは地殻変動により隆起した地面を、コロラド川が浸食してできた峡谷だった。地球という惑星の素の顔を見たような気がした。老夫婦も、新婚の夫婦も、その果てしない断崖の前に息を呑《の》むしかない。

そしてついに、瀬名先輩の誕生日。


「ここは、火星ね……？」

「しっかりしてください。ここはグランド・キャニオンですよ」

誕生日前日の夜十時、僕と瀬名先輩はグランド・キャニオンのマーサポイントと呼ばれる地点にいた。こちらの時間は朝の六時。夜明け前のしずかな気配がたちこめていた。周囲には、おなじように朝日を見ようとやってきた観光客がおおぜいいる。暗いため顔は見えないし、どのような人種があつまっているのかもわからない。様々な言語がちらほらと聞こえてきて、息を吐き出し、寒そうにふるえる気配がそこら中にある。

やがて東の空があかるくなり、夜が明けた。空全体が発光するような濃い青色になったかとおもうと、地平線のむこうから強烈な光の塊が顔を出す。その場にいた全員が目をほそめてその瞬間を目撃する。アメリカ合衆国アリゾナ州から暗闇が払いのけられると、たった今まで暗闇のなかにあった断崖が光によって浮《う》き彫《ぼ》りになり、黄金色にかがやいた。果てしなく広がる地形の不思議が、ずっとむこうの世界の果てまでつづいている。僕たちはその真ん中に立っていた。

瀬名先輩の寒そうにふるえているくちびるから白い息がもれた。その目は景色に釘付《くぎづ》けだった。言葉さえ出てこない。僕たちはこの景色を前にすると一時的に言語をわすれてしまうらしい。しかしその姿は光にふちどられてうつくしかった。

「一時間くらいはやいけど、誕生日おめでとうございます、瀬名先輩」

アメリカの時計で計算すると、誕生日まで十七時間くらいあるのだが、日本では夜十一時をすぎていた。

「大変やったやろ、ここまで移動してくるのは」

「ひきこもりの身にはつらかったですよ」

「全然、ひきこもりじゃなかよ！　ひきこもりがグランド・キャニオンにおるわけなかやんね！」

ゴールデンゲートブリッジからここまでの道のりを説明している間にも、光の角度が変化し、影のつきかたや濃さ、岩肌の色合いが更新される。ダイナミックなショーを見ているかのようだった。僕たちはまた無言になり、しばらくの間、どこまでも広いアメリカ大陸の地形をながめた。

トン！

別のビューポイントへ移動する。グランド・キャニオンにはいくつかのビューポイントがあり、それぞれの地点から異なる景観をながめることができるのだ。

「そういえば、大塚くん、不良の人たちにひどいことされたけん、学校に行かんごつなったとやろ？　私、男子に言ってあげようか？　しりあいがいっぱいおるけん、もう大塚くんにそういうことしないように頼めるとおもうよ？」

冷たい風に体をふるわせながら瀬名先輩が言った。

トン！

早朝のラスベガスをぶらつきながら僕は言う。

「さっきの話ですけど、ひつようなかです。不良の人たちには、なんも言わんでよかです」

ネオンの消えたカジノを二人でながめて、今この街に、何人くらいの二日酔いがいるのだろうかと話をする。

トン！

　フーバーダムの貯水量は約400億トンだという。日本にあるすべてのダムをあわせた貯水量が250億トン、琵琶湖《びわこ》の貯水量が280億トン程度というから、その巨大さは圧倒的だ。崖の谷間に、のっぺりとした曲面の壁がそびえている。

「ありがとうね、連れてきてくれて。まさかほんとうに誕生日プレゼントばもらえるちおもわんやった」

　フーバーダムをながめられる橋の上で瀬名先輩が言った。僕は首を横にふる。

「あたたかい飲み物と肉まんを買ってきませんか？　そしてもう一度、グランド・キャニオンへもどりましょう」

　瀬名先輩を背負って、僕は日本へ【ジャンプ】した。


　トン！


　視界が切りかわると、目の前にコンビニエンスストアがあった。

「ここはどこね？　福岡ね？」

　背中から下りてあたりを見まわす瀬名先輩をせっつき、目の前のコンビニ店内へ移動した。時計を見ると深夜零時をむかえる直前という時間である。なんとか間に合った。飲み物をえらんでいると、深夜零時ちょうどに瀬名先輩の携帯電話がメールを受信した。バースデーを祝う彼氏さんからのメッセージだったらしい。先輩の顔が明るくなる。一分後、店の自動ドアが開閉して、見知った顔の男の人が入ってきた。携帯電話を握りしめているのは、メールを送り終えた直後だからにちがいない。

グランド・キャニオンは、実を言えば、先輩を連れ出すための口実でしかなかった。僕を移動手段につかうわがままな先輩をこれでよろこばせてやれと計画したのである。ほんのすこしだけ失恋の痛みが胸のなかにあった。でも、今はこれさえ愛《いと》しく感じるのだ。僕はこれをたいせつにしたいとおもっている。瀬名先輩をその場にのこして、僕は消えることにした。右足と左足をそろえて、ひざをすこしだけおりまげて……。

トン！

5

年が明けて三学期がはじまる。一月の朝は空気がきんと冷えていた。ストーブの前であたたまりながら靴下をはく。ガラス窓が結露して、室内に入ってくる光が白かった。

ひさしぶりの制服は窮屈《きゅうくつ》だった。サイズがあっていない。いつのまにか僕の身長も伸びていたようだ。僕の社会復帰に父母はよろこんだが、妹はあいかわらず「キモい」としか言わなかった。

厚着している人々にまじって駅まであるいた。高校にたどりついて教室に足を踏み入れると、クラスメイトたちがぴたりとしずかになり、僕の醜い顔面に視線が注《そそ》がれた。担任の先生は僕のことを気づかってくれていたが、クラスメイトたちは冷ややかな反応である。

ある日の英語の授業中、教師が僕に英語で質問してきたので、こちらも英語で返答した。教師はおどろいたような表情を見せる。僕の発音が流暢《りゅうちょう》だったせいだろうか。さすがに英会話も上達するだろう。ニューヨークまで一人旅をしたのだから。

失恋の痛みを味わいながら、一人でぼんやりとグランド・キャニオンをあるいているうちに、そのまま東の方へとむかっていた。その痛みと、一人でいるさみしさと、アメリカの景色が心地よかった。いつからか、アメリカ大陸の東海岸を目指す旅がはじまっていた。最初はバスや鉄道を利用したけれど、資金が尽《つ》きて乗車できなくなった。徒歩や自転車で町を転々と移動し、「ファニーフェイス！」と声をかけられてジョークにつきあっているうちになんとなく英語ができるようになって、最終的にヒッチハイクでマンハッタン島までたどりついた。極寒のなかフェリーに乗船してリバティ島にわたり、自由の女神を見上げたとき、旅は終わった。

日本の自室にもどって一階におりると、ちょうど家族がテーブルで朝食を食べていた。手乗りサイズの自由の女神像を置いて「これ、お土産。ニューヨークに行ってきたとよ」と言うと、ついに僕の頭がおかしくなったのだとおもって父母が病院に連れて行こうとする。僕が夜な夜なアメリカを旅していたことを家族はしらない。僕がまったく部屋から出てこなくなったので、ついに重度のひきこもりを患《わずら》ってしまったのだと父母は心配していたのである。

アメリカを横断することによって自信がついたのか、それとも、さらなる修業の場所を求めたのかわからないが、僕はその翌日から学校へ復帰することに決めた。

登校を再開しても友だちはできなかった。教室では一人ですごさなくてはいけない。しかし以前のような孤独感はもうない。靴の裏側でしっかりと地面を踏みしめているような、安定した気持ちをたもつことができた。醜い顔面についての様々な言葉も聞き流せるし、どろどろと汗をたらすこともない。心にうかぶのはゴールデンゲートブリッジの光景ではなく、瀬名先輩と見たグランド・キャニオンや、ヒッチハイクで車に乗せてくれた米国人の家族たちや、大雪で白くなったマンハッタンの街だった。

ある日の放課後、教室で帰り支度をしていたら、不良の生徒たちに声をかけられ、屋上へ連れて行かれた。以前、僕の財布から紙幣を抜き取り、散々に顔を馬鹿にした生徒たちだった。僕が気にくわないらしく、小突かれたり、殴られたりした。地面にうずくまっていると、ひどい言葉を浴びせられて笑い声が起きる。彼らの仲間の女子生徒もくわわり「服ば脱がせて写真ばとろうよ！」と提案する。「よかねえ」「動画にしようばい。おまえ、カメラマンな」「言っとくけど、これはいじめじゃなかぞ。自殺すんなよ？　面倒なことになるけん」

そして僕は決意した。起き上がり、彼らの手から逃げて叫び声をあげる。

「うわあああぁぁぁ！　僕はもう死ぬぅぅぅ！　飛び降りてやるぅぅ！」

もちろん演技だ。心の中は平静のままはしりだす。転落防止用の金網をのぼって、屋上の縁に立った。

「自殺してやるんだぁぁぁ！　死んでやるぅぅ！　おまえたち地獄におちろぉぉぉ！　うわぁぁぁぁん！」

あせったように何かをさけんでいる不良たちの声が背後から聞こえてくる。校舎の屋上から真下の地面を見るが、それほど高いとはおもえなかった。ゴールデンゲートブリッジや、グランド・キャニオンの高さにくらべたら、階段の段差くらいにしかおもえない。学校の校舎なんて、せまくてちっぽけな場所だったんだなと、今ならそうわかる。僕は空中にむかって【ジャンプ】した。

トン！

「あれ？　大塚くんやんね？」

「あ、どうも」

階段をおりてきた瀬名先輩と鉢合《はちあ》わせする。先輩はお友だちといっしょだったが、僕と会話するために一人だけ立ち止まり「先に行ってて」とお友だちに言った。目をほそめて、僕の頭からつま先までをながめる。

「大塚くんが制服着てるとこ、何度、見ても感心するね。学校生活は順調？」

「まあまあです」

学校に復帰してみてあらためて覚《さと》ったことがある。瀬名先輩はすぐれた容姿という点で別格の存在だった。周囲の目をひいてしまうため、校内では瀬名先輩と接しないようにして、僕のほうから避けてちかづかないように気をつけている。

「ニューヨークから買ってきてもらったカップケーキ、おいしかったばい。日本にいながらにして、あれを食べられるなんて、持つべきものは友だちばい！」

職員室の方がさわがしかった。不良たちが先生に連れられてあるいている。彼らが僕の顔を見つけて錯乱《さくらん》したようにわめきはじめた。彼らの仲間の女子生徒は、幽霊でも見るような怯《おび》えた表情をしていた。

「何かあったとかな？」

「さあ、わからんです」

不良たちは先生に連れられていなくなる。瀬名先輩は僕の顔をふりかえり、首をかしげた。

「あれ？　大塚くん、怪我しとるよ？」

くちびるの横がじんじんと痛みを発している。ふれてみると指先にうっすらと血がついた。さきほど殴られたときに怪我したのだろう。

「ちょっとまって。はい、これ、あげる」

瀬名先輩が鞄を探って絆創膏《ばんそうこう》をとりだした。

「礼はいらんよ。大塚くん、ちょっと男っぽくなったねえ。男子はちょっと会わんうちにそうなるけん、おかしかねえ。じゃあ、もう行くけん。またね」

先輩は僕に手をふって友人をおいかけていった。その後ろ姿を見送り、絆創膏をポケットにしまう。

放課後の校舎には大勢の生徒が行き来していた。窓の外はもうじき夕焼けにそまるだろう。顔をまっすぐ前方にむける。しっかりと固い感触を踏みしめながら、僕は校舎の廊下をあるきだした。

私は存在が空気

1

私という人間は、これといった個性がなく、外見にも特筆すべきものがなく、そこらへんに落ちている石ころのように人畜無害で、いるのかいないのかもよくわからない存在だった。中学生のとき、私の名前をおぼえてくれた教師はひとりもおらず、クラスメイトからも一度だってまともに声をかけられたことはない。無視されているわけでもなく、ただ私の存在感が圧倒的に乏《とぼ》しいために、ほとんど認識されていなかったのだ。私はそういう体質なのである。

ごくまれに教室で発言しなくてはいけない場合がある。たとえば授業中、教師が出席名簿から無作為に生徒を選ぶようなときだ。存在感のない私でも、名前だけは一応、名簿に記載されている。

「鈴木《すずき》、次の問題を解け。おい、鈴木伊織《いおり》、どこにいる？」

「はい」

私が手をあげると、クラスメイトの何人かが、怪訝《けげん》な顔をして私の方をふりかえる。「あれ？　こんな子うちのクラスにいたっけ？」と言いたげだ。私はそういう視線をむけられるのが好きではなかった。

しかし存在感がないのは悪いことばかりではない。中学時代、私の所属していたクラスではいじめが横行していた。一見すると不良そうには見えない、活発な男子と女子の数名が結託《けったく》し、おとなしい男の子を標的に悪口を言ったり、持ち物をかくしたりしてわらっていた。

ヒエラルキーが下のほうの生徒たちは、だれもがびくびくしながら日々をすごしていたことだろう。今はいじめの対象が自分ではないけれど、明日はどうなるかわからない。次のいじめの対象になってはたまらないから、いじめっ子たちの視界に入らないように、彼らはこそこそと暮らさなくてはならない。

私はそのような不安とは無縁だった。なにせ私という人間は、そこにいても、そこにいないかのような存在感しか持ち合わせていないのだから。いじめっ子たちの横を堂々と通りすぎても、彼らの視線は私の上を素通りし、決してターゲットにされることはないのである。

あるとき、標的にされていた男の子が転校していった。

当時のことをおもいだすと、私は後悔にさいなまれる。自分はどうしてあのとき、なにもしなかったのだろう。いじめられていた男の子のたすけになるようなこともせず、最後まで傍観を決めこんでしまった。もしも自分のなかに、すこしでも正義感があったなら、なにかができたんじゃないだろうか？

もうひとつ、この存在感の希薄さがありがたいとおもうのは、夜道をあるいていても、おかしな人に狙《ねら》われないことだ。最近、市内で婦女暴行事件が多発し、私の友人もちょっとした被害にあった。しかし、私は、そのような危険性とは無縁なのである。

私が存在感のない人間へと成長したのには理由がある。いわゆる生存本能というやつだろう。私の父は外面がよくて近所づきあいもそつなくこなし、お酒もギャンブルもやらないが、会社での仕事を終えて家に帰ってくるなり母や私にあれこれと説教をしては意味もなく拳骨《げんこつ》をとばしてくるような男だった。

あるとき「おまえが息をしているのも気に障《さわ》る」などと父が言って、母にガラス製の重たい灰皿を投げつけた。命に別状はなかったが、額《ひたい》を切り、血まみれになった母を目にして私はショックをうけた。そして本能的に直感した。自分の身を守るひつようがある。父の暴力から逃れる術《すべ》を身につけなければ危険だと。そこで私は父が家にいる間、できるだけ気配を消すように努力したのである。

かくれんぼのようにどこかへ身をかくすという意味ではない。アパートのせまい部屋にはかくれるところなんてなかったし、そんなことをすれば父を避けているという態度が逆鱗《げきりん》にふれてひどいめにあっていただろう。だからあくまでもおなじ部屋にいて、父の視界に入りながらも、まるで壁の染《し》みの一部のように、気にとめられない存在にならなくてはいけなかったのだ。

漫画『ドラえもん』に登場するひみつ道具に【石ころぼうし】というものがある。その帽子をかぶると、路上の石ころのように目立たなくなり、たとえ目の前にいたとしても相手からは認識されなくなる。いわゆる透明人間になれるのだ。いや、身につけているものまで認識されないのだから、体が透明になるよりもずっと便利だろう。私が目指したのはそういう状態だった。

父の帰ってくる気配があると、私は部屋の片隅でひざをかかえ、呼吸をおちつかせた。そして自分の体がそこから消えていく様をイメージするのだ。指の先から輪郭《りんかく》がなくなっていき、空気と自分の境界があいまいになり、私の体は想像のなかで部屋に溶けて拡散する。自分にも名前があることをわすれ、私の意識は幽体離脱でもしたみたいに、天井付近から俯瞰《ふかん》して室内を見下ろすような視界になる。それは実際の視界ではない。今にしておもえば、そんな気がしたというだけだろう。しかし、そうしているうちに、自分という人間の存在がうすくなって消えていくように感じられるのだった。

私の祈りは神様に通じた。父に話しかけられる回数が減り、壁際にすわっている私へ父が視線をむけてくることもなくなった。

そのうちに、親子三人で部屋にいるときも、私に関する話題は出なくなる。食事の支度《したく》がはじまって、二人分しか母が用意してくれないのを見て、ようやく私は自己主張をする。

「お母さん、私の分は？」

するとは母は、はっとしたような顔でふりかえり、まじまじと確認するように私を見つめて、ご飯をよそってきてくれた。そのとき母は、私という娘の存在を、一時的にわすれてしまっていたようである。

存在を消すのにも慣れてくると、やがてその状態であるきまわることもできるようになった。父の機嫌がいいときも、わるいときも、私は気配を消して日々をすごし、父との接触を避けて生活した。あまりにその状態ですごすことがおおかったせいか、いつしか何の努力もせずにそれができるようになり、まるで息をしたり心臓をうごかしたりするのとおなじように、存在を消していることがふつうになった。

私は今でも、自分の身体が空気中に拡散しているというイメージを保ったまま生きている。おさないころに定着したその認識は二度とかわらないだろう。骨と肉と血でできた鈴木伊織という自分の肉体は、意識しなければここにあるような気がしなかった。なにもせずフラットな状態でいるとき、周囲に自分の存在がなかなか気づいてもらえないのはそのせいだろう。

ふつうの人の存在感がレベル１００だとすると、フラットな状態でいるときの私の存在感はせいぜいがレベル5くらいだ。たとえば、だれかとおなじ部屋にいたとしても、こちらから声をかけないかぎり、その人は私がいることには気づかない。注意深く存在感を消せば、それをレベル0にすることだってできる。その状態の私は、存在が完全に空気だ。

私の存在感は、身体性をうしなわせるイメージによって消滅した。今度はそのプロセスを逆にたどれば、一時的に存在感を上昇させられた。不可抗力によってそうなることもある。だれかに触れられたとき、痛みを感じたとき、疲労により息がみだれたとき、私は自らの身体性をつよく意識して、空気ではなくなり、鈴木伊織という一個人として周囲に認識された。

小学二年生のときにようやく両親が離婚することになった。母のパート先の上司だった男の人が、円滑《えんかつ》に離婚できるように取りはからってくれたおかげで、諍《いさか》いはおこらなかったようだ。私は当然ながら母について行ったから、父が今ごろ、どんな暮らしをしているのかはわからない。

離婚から半年後に母は再婚した。相手はパート先の上司だった人である。赤ん坊が誕生して四人家族になり、母の体からは痣《あざ》がなくなった。引っ越し先の一戸建ては雰囲気もあかるくて、母は幸福な人生を手に入れたのだ。問題があるとすれば、私のことだった。

私のなかに流れている血が、父のことをおもいださせてしまうのだろう。母と義理の父は、私のことをすこしだけ、うとましく感じているようだった。私さえいなければ、完全に過去を断ち切り、パーフェクトな三人家族として再スタートできたはずである。だから私は、あたらしい家でも存在を消し、息をひそめるようにしながら暮らすことにした。

私の分の食事が用意されていなくても気にしない。母は私のことをわすれて幸福になるべきだとおもっていたから、むしろそれでいいのだ。子育てをする母と義理の父を横目で見ながら、私は自分の食事を用意してひとりでこっそりと食べるようになった。

一戸建てのなかに、一応は自分の部屋というものが用意されていた。扉に私のネームプレートをさげていたから、それを目にすることによって「ああそういえばうちにはもうひとりいるんだった」と母や義理の父はおもいだしていたはずだ。

弟が四歳くらいになったとき、私の部屋をたずねてきたことがある。家のなかを探検している最中だったのだろう。扉のすきまからおそるおそる室内をのぞいている弟に、私はいたずら心をかきたてられた。

「こんにちは」

私が呼びかけると、それまで視線をさまよわせていた弟が、おどろいた顔で私を発見する。だれもいない部屋に、突如、あらわれたように感じられたはずだ。

「だれ？」

たどたどしい言葉で弟が言った。

「あなたのお姉さん」

「ぼくに、おねえちゃんなんか、いないよ?」

「ほんとうはずっといたんだよ。あなたが赤ん坊だったときから、ずっと見てたんだから。ただ、いないふりをしていただけなんだ」

「ふうん。でも、おねえちゃんのこと、しってる」

　こっそりおしえてくれたのだが、どうやら彼は私のことを、お菓子をくれる妖精かなにかだとおもいこんでいたらしい。お菓子をほしがって彼が泣いているとき、親がほかのことに夢中でほったらかしにされていると、いつまでも泣きやまないものだから、私が適当にボーロやラムネを取り出してにぎらせていたせいだ。どこからともなくやってきて、お菓子をくれて、すぐにまた消える私のことを、弟は不思議におもっていたようだ。

　私が高校に入学した年、弟は小学生になった。もうそろそろ妖精の存在にうたがいをいだく年頃だろう。そうなったとき、彼は私のことを、どんな風に受け止めるのだろうか。給食費やおこづかいがひつようなときだけ、あるいは保護者の署名が必須の書類を学校から持ち帰ったときだけ、私は存在感を調整して家族の一員として顔を出した。弟と交流するのはそのときだけで普段は目もあわせない。そういう姉のことを彼は気味わるくおもうかもしれない。

この世界に私のことをしっている人間がはたしてどれくらいいるのだろう。一日のうちに何回かそんなことをかんがえる。戸籍上はたしかに存在する。高校の出席名簿にも名前はある。だけど私という人間は存在しないも同然の、いてもいなくても変わらない生命なのだ。

朝に目が覚めて、青空がひろがっていたとき、部屋の窓をあけて私は目をつむる。このまま風にとけて空にすいこまれていかないかなとおもうのだ。そしたらもう、なにもかんがえなくてすむだろう。自分が将来、どんな人生を送るのかイメージできなかった。だれかと結婚して子どもを授かることなんてあるのだろうか。それ以前にだれかのことを好きになったりするのだろうか。ちょっとそれは想像できないな。

などと私はおもっていたけれど、それはまちがいだった。その時期がくれば、だれだってそうなるのかもしれない。高校生活を送るうちに、私は恋愛感情がどんなものかに気づいた。もちろん、自分のような人間が告白などできるわけもなく、私はただ、その人のことを見ているだけでも満足だった。

2

ホームルームが終了して教室が騒々しくなる。私は鞄《かばん》を手に立ち上がった。雑談している子たちの間をすり抜けて教室を出る。廊下はしずかで空気もつめたい。窓から見える空には、うすい半透明の雲がかかっていた。十二月に入って間もないこの時期、グラウンドにはだれもいない。サッカー部や陸上部の姿もないのは、二学期の期末試験を間近にひかえて、部活動が全面的に禁止されているせいだ。

上条《かみじょう》先輩の在籍する三年一組の教室でも、今まさにホームルームがおわったばかりのようだ。黒い長袖《ながそで》の制服に身を包んだ、すらりとした先輩の体が私の前を横ぎり、通りすぎていく。

私はさっそく、先輩の背中を追いかけはじめる。いわゆるストーキングという行動は、存在感のない私が、もっとも得意とするものだった。

廊下をすすむ上条先輩は白のコンバースを履《は》いていた。私の通っている高校には、上履きというものがない。土足のまま校舎内を移動するから、玄関口には下駄箱が設置されておらず、たとえば漫画などで見かけるような、ラブレターを好きな人の下駄箱にしのばせておくという風習が存在しない。好きな人におもいをつたえるには、面とむかって告白するか、メールを送信するしかないだろう。その勇気がないのであれば、ただその人のことを目で追いかけるしかないのである。

校舎の外に出ると、上条先輩は気持ちよさそうに背伸びをした。肩からななめに鞄をさげ、ポケットに両手をつっこんだ状態であるきだす。先輩のすぐとなりにならんで横顔を見上げた。私の存在に気づいている様子はない。先輩は、ひとりきりであるいているとおもっている。

駅前の商店街にはクリスマスソングが流れていた。人通りがおおくなり、上条先輩のとなりをならんであるくのはあきらめる。すれちがう人々はいずれも、私がいることに気づかないで突進してくるものだから、何度もぶつかりそうになる。先輩の背中にくっついてすすむことにした。途中で先輩は精肉店のケースの揚《あ》げたてコロッケをじっと見つめたり、ゲームショップでワゴン販売されている中古のゲームソフトをながめたりする。その度に私は、先輩の顔と視線の先とを交互にながめ、今、先輩がなにをかんがえているのかを想像するのだった。

「上条！」

背後から声をかけられて先輩がたちどまる。ぶつかりそうになって、私も急停止した。衝突してはならない。触れるという行為は自分自身に身体があることをつよくおもいださせ、普段は拡散している私の存在感が一時的にもどってきてしまうのだ。ぶつかる寸前でふんばっている私のすぐ目の前で、先輩が明るい声をだす。

「よお、ハッシー、それに岩城《いわき》じゃん」

身長差があるため、その視線は私の頭上二十センチほどのところを通過していた。ハッシーというのは、三年生の橋本《はしもと》先輩のことだ。上条先輩と橋本先輩と岩城先輩の三人は、学校でもよくいっしょに行動していた。

ふたつの靴音《くつおと》がちかづいてきて、私を三人で取り囲むような位置で立ち止まる。彼らは私の頭越しに会話をはじめてしまった。

「おまえ、なんか予定あんの？」

岩城先輩が上条先輩に聞いた。

「べつに。なんで？」

「どっか遊びに行かねえ？」

「勉強はいいのか？　俺は推薦決まってるからひまだけど」

私を取り囲む三角形のうち、もっとも隙間《すきま》のひろいところをえらんで、そーっと外に出る。結局、三人は近所のカラオケ店で一時間ほど遊ぶことにしたようだ。私もそれについて行くかどうかまよったけれど、ご友人との会話のなかで、先輩に関するレアな情報が入手できるかもしれないとおもい、こっそり同行することにした。

カウンターで受付をしているとき、橋本先輩が言った。

「カラオケ、ひさびさなんだよな」

「俺、この前、鮎川《あゆかわ》さんと行ったぜ」

上条先輩の言葉に私は聞き耳をたてる。

「あの人、まだバスケやってんの？」

「大学ではやってないっぽい」

「あの人、超こわかったよな」

鮎川さんというのは、バスケ部にいたときの先輩だろうか。三人ともつい先日の引退試合まではバスケ部の一員だったのである。

受付をすませ、エレベーターに乗りこんで部屋に移動する。背丈の高い彼らの背後を、コバンザメのようにこっそりくっついて移動する。エレベーターや通路には監視カメラが設置してあり、それには私の姿も映っているはずだった。撮影された映像はすべての存在感を平板にする。店員が働き者でないことを祈った。受付カウンターで申請された人数と、監視カメラに映っている人数とが異なっているはずだから。

「コーラふたつとウーロン茶、あとそれから、山盛りフライドポテトをおねがいします」

部屋に入ると、岩城先輩がインターフォンで三人分のドリンクとフライドポテトを注文した。部屋は案外広くて、注意していれば体がぶつかることはなさそうだ。ありがたい。

さっそく機械に番号が入力され、曲が大音量で流れ出す。たのしそうな先輩方の様子を、私はおなじ部屋のすみっこからながめた。

橋本先輩がしっとりと歌いあげる「なごり雪」を聴きながら、私は、テーブルのフライドポテトをつまんだ。いつのまにか減っているポテトに岩城先輩が首をかしげる。のこり時間がすくなくなったとき、私の頭のすぐ横にあったインターフォンが鳴った。私がその場から遠ざかる前に、上条先輩が席から身を乗り出してきて受話器を手に取った。ちょうど私の顔の目の前に先輩の顔がくる。息がかかるくらいの距離で先輩が言った。

「延長はひつようないです。はい、わかりました」

私は緊張して身がすくむ。受話器がもどされ、先輩の端整な顔が遠ざかると、私は、ほっとした。


上条先輩のことをしったのは、友人の春日部《かすかべ》さやかが話題にしていたからだ。

「格好いいよねえ。きれいな顔というのは、ああいう人のことを言うんだねえ」

うっとりとした表情で彼女は話していた。昼休みの屋上には、私たちのほかにも何人かの生徒がひなたぼっこしていた。

「伊織におねがいがあるんだけど、写真撮ってきてくれないかな」

「写真？　なんの？」

「上条先輩のだよ。伊織なら気づかれずにすぐそばまで行けるでしょう？　先輩の写真ほしいなあ」

「だめだめ。存在感がないからって、そういうわるいことをしちゃいけないんだ」

しかし、彼女のたのみをことわることができなかった。

ある日、春日部さやかに連れられて、体育館でおこなわれているバスケ部の試合を見に行った。当時、まだ上条先輩はバスケ部を引退しておらず、主力選手として試合に出場していたのである。体育館は熱気と歓声に満ちていた。ボールをドリブルする音や、シューズの靴底が鳴らすキュッという音が心地よかった。

「ほら、あの人が上条先輩だよ」

「え？　どれ？」

「背番号が4の人」

「みんなに指示を出してる人？」

「そうそう」

私は春日部さやかにｉＰｈｏｎｅをわたされる。

「そのｉＰｈｏｎｅ、脱獄してシャッター音を消せるアプリが入ってるから。ちかくで撮影してもばれないとおもう」

脱獄というのが何なのかよくわからないが、コンピューター用語のようだ。

「まったくもう、今回だけだよ？」

私はため息をついて、先輩の写真を撮りにむかった。観客たちをかきわけて、試合がおこなわれている最中のバスケットコートへと入っていく。普通だったら審判に呼び止められ、試合は中断し、観客たちのブーイングを聞きながら追い出されていただろう。しかし私の存在に気づく者はいなかった。

これがプロの試合だったら、観客席からむけられるたくさんのカメラに私が映り込んでしまい、大騒動になるだろう。しかし体育館でおこなわれている試合でカメラをかまえている者は私のほかに見あたらない。

先輩はコートのなかをうごきまわっていたので、私はそれを追いかけながら写真を撮った。もちろん、ボールの行方を常に意識して、はしりまわっている選手に衝突しないよう気をつけながらの撮影である。

間近から見上げるような角度でシャッターのボタンを押して、私はそのときはじめて、上条先輩の顔を見た。体育館の照明のせいで汗がひかっていた。春日部さやかの言う通り、たしかに先輩は、きれいな顔立ちをしていた。

3

ご友人とわかれてひとりになった上条先輩は、駅の改札を抜けて電車に乗りこんだ。冬の日はみじかく、すでに外は暗い。先輩の自宅の最寄り駅で電車を降りた。住宅地のほうにむかうと人通りがすくなくなってきて、やがて路地には私たちしかいなくなる。見慣れない家々をながめながら先輩のとなりをあるいた。漫画『ドラえもん』の【石ころぼうし】の場合、使用者のたてる音や声も周囲から認識できなくなるという効果がある。しかし私の場合はその域にまでは達せなかった。私の靴音や制服の衣擦《きぬず》れの音が聞こえたのか、何度かたちどまって先輩はいぶかしげな表情をしながら周囲を見回していた。

点々と外灯のならぶ路地をすすんでいると、夕飯の支度をするにおいが家の換気扇《かんきせん》からただよってきて、私はふと母のことをおもいだす。母の手料理がすきだ。家族四人で食卓を囲むことは、ほとんどないけれど、母と義理の父と弟の三人が談笑しているのを横でながめながら、鍋《なべ》の料理をつまむのが私にとって至福の時間だ。

上条先輩は一戸建ての家の前で立ち止まった。芝生《しばふ》におおわれた庭は、人をまねいてバーベキューができるくらいにひろい。先輩は鍵をとりだして玄関扉を開けると「ただいま」と言って入っていった。扉のひらいているうちに私もするりと侵入したかったのだが、そんな余裕もなく、鼻先でバタンと閉じてしまい鍵のかかる音がする。

今日のところはここまでにして、そろそろ帰ろうか？

いや、まだつづけたい。先輩のことをもっとしりたかった。先輩の部屋に入る方法はないだろうか。

駐車場にとまっている自転車が目に入った。銀色の自転車カバーが、中途半端にめくれて風にあおられている。そいつをひっぺがすと、通りにむかってほうりなげた。それから上条先輩の家の玄関チャイムを鳴らす。カメラとマイクとスピーカーのついた、屋内と通話ができるタイプの玄関チャイムだ。

「はい」

女性の声で反応がある。おそらく上条先輩のお母様だろう。私はマイクに話しかける。

「あのう、自転車カバーが風にとばされて通りにおちてて、あれって、この家のかなあって……」

「あら、大変！」

スリッパで玄関にかけてくる音が屋内から聞こえてくる。玄関扉がひらかれて、先輩のお母様らしい人がサンダルをひっかけて外に出てきた。視線をさまよわせて私の姿をさがす。しかし存在感を消している状態の私を見つけられないようだ。路地に落ちてひろがっている自転車カバーを発見し、お母様はともかくそれをひろいにむかった。その隙に私は家の中へ侵入する。

玄関で靴を脱ぎ、あらかじめ用意していた巾着袋《きんちゃく》にしまった。正面の廊下をひとまず奥に行ってみる。二十畳ほどもあるリビングダイニングがひろがっていた。テーブルに四人分の夕飯が準備されている。先輩は四人家族だ。お父様とお母様、先輩自身、そしてのこる一人は、ソファーに横たわってテレビを見ている女の子だろう。

物音をたてないようにそっと、私はその子の顔をのぞきこんだ。先輩に似ているがずっと幼い。事前の調査によれば、たしか美優《みゆう》というお名前だったはずだ。玄関からお母様がもどってくると、その子は起き上がって聞いた。

「自転車カバーが風に飛ばされててね、通りかかった人がおしえてくれたみたい」

「ふうん。ていうか、兄貴は気づかなかったわけ?」

「あの子、ぼんやりしたところがあるからね」

会話をしている二人の間を横切って、私はリビングダイニングを後にする。

先輩は二階にいるのかな? 階段を見つけたので、あがってみる。暗かったけれど明かりをつけるわけにはいかない。勝手に照明のスイッチがオンになったら不審がられるだろう。

二階の廊下に扉がいくつかならんでいる。ひとつだけ開けはなしになっており、そこから室内の明かりがもれていた。そのとき、階下から妹さんの声がする。

「兄貴、ご飯だよ」

私がたった今、のぞきこもうとしていた室内から、上条先輩が顔を出す。

「親父は? 帰った?」

着替え中だったらしい。トレーナーに腕を通しながら先輩は返事をした。

壁にはりついて体をこわばらせている私の目の前に先輩の体がある。

「お父さん、帰りおそくなるって。だから先に食べるよ」

「今、行く」

「なんだったの?」

この家では、家族全員がそろわなければ食事をはじめない習わしがあるのだろうか。先輩は妹さんに返事をして、一度、室内にもどる。電話をとりにいったのだ。春日部さやかのとおなじアップル社製のｉＰｈｏｎｅである。

私も先輩にくっついていっしょに部屋のなかへ足を踏み入れて室内を見まわす。机、パソコン、ベッド、小型テレビ、据え置きタイプのゲームハードが数種類。そして机の上のよく見える位置に、だれかのサインの入ったバスケットボールが飾られている。ベッドに制服が脱ぎ散らされている以外は、きれいに片付いた部屋だ。

上条先輩は電気を消して夕飯のために一階へむかった。私は真っ暗な室内に取りのこされ、階下に遠ざかる先輩の足音に耳をすます。

さて、先輩の部屋をあさってみようか。

人々が生きているこの地上で、私はだれにも気づかれないように、ひっそりとつつましやかに暮らしている。私の存在はあまりにも希薄で、このまま拡散して空気中に消えてしまっても、だれひとり、なんともおもわないのだろう。そんな風におもっていた時期があった。

その生徒に声をかけられたのは、桜がすっかり散ってしまい、木が若々しい黄緑色の葉っぱをつけはじめたころのことである。

「ねえ、昨日もそこにいたよね？」

昼休みに校舎裏の日陰に腰かけて、菓子パンをかじっていたら、女子生徒がちかづいてきて言った。だれかが私の後ろに立っていて、その子に呼びかけたのだろうか。背後をふりかえって確認していると、彼女はおかしそうに言った。

「そんなボケはいいから。かわった人だね。みんなには、あなたのこと、見えてないみたい。でも、私は気づいたよ、あなたがそこにいるってことに」

彼女は春日部さやかと名乗った。私とおなじで一年生だ。存在が空気のような私に気づく人間はこれまでいなかった。いったいどうやって私に声をかけることができたのだろう。

「なんか違和感があってね、目をこらしたんだ。そしたら、見えたんだよ」

春日部さやかが私を発見できたのは偶然ではない。おそらく母親の影響があったのだ。彼女の母親は小説や雑誌記事の文字校正の仕事をしているのだが、春日部さやかはちいさなころからその手伝いをしていたという。

「文章を読んで、誤字脱字を発見できたら、その分だけおこづかいをおおめにもらえることになってたんだ。そしたらいつのまにか、文章を読まなくても、まちがいの箇所が一目でわかるようになったの。文字の印刷された紙を目の前にひろげるでしょう、そうすると、まちがいの箇所だけ、ぼんやりと光って見えるんだ。ほんとうに光ってるわけじゃないよ。なんかそこだけ違和感があって、目をこらしてみると、漢字がまちがってたり、文字が抜けてたりするんだ」

なにかがおかしいという違和感、それに気づける能力がどうやら春日部さやかには身についたらしい。難易度の高いまちがいさがしも彼女は一瞬で解いたし、ほんの数ミリ、前髪を切っただけでもすぐに気づかれた。

私たちはいつのまにか友だちになっていた。学校に登校したとき「おはよう」と言ってもらえる相手は私にとってはじめての存在である。それまでは友だちというものを欲しいとおもったことさえなかった。教室でたのしそうにしゃべっているグループを見ても、どこか自分には関係のない世界の出来事だとおもっていたのである。昼休みにおしゃべりをしたり、放課後にいっしょに町へ出かけたりする相手ができると、私の人生は一変した。自分のなかにあった漠然とした不安は消滅し、自分という存在はかぎりなく希薄だけれど、たしかにこの地上で生きているのだ、息をしているのだ、という確信を抱くことができた。

しかし事件がおこる。十一月末のことだ。

「その道に入ったとき、なにかがおかしいっておもったんだ。見慣れた道のはずなのに、よそよそしく感じたんだよ。だけど、すっかり帰るのがおそくなっちゃってたから、引き返さなかったんだ……」

私が事情を聞いたのは、事件があった翌日のことだ。電話ごしに涙声で彼女はおしえてくれた。未遂におわったとはいえ、心に負った傷は深かったらしく、それ以来、彼女は学校をやすむことになる。

その夜、春日部さやかは、人のあまり通らない雑木林にはさまれた道をあるいていた。部活で帰宅がおそくなってしまい、すでに周辺は真っ暗だったという。彼女の感じたよそよそしさは、その道をすすむほどに強さをましていく。文章の校正で誤字脱字を発見しているうちに研ぎ澄《す》まされた感覚が、彼女に違和感をうったえかけていた。

「なにかが起こりそうだ」と彼女が心構えをしたその直後、茂みからだれかが飛び出してきたという。悲鳴をあげるまもなかった。地面に押し倒され、組み敷かれる。その人物は覆面をかぶっていた。目と口元だけが開いている黒色の布製の覆面である。

押し倒した人物とは別にもう一人いた。もう一人は彼女の口に布の塊《かたまり》のようなものを押しこもうとする。叫ぶのをやめさせるためだろう。覆面をかぶっていても、体つきや声から男だとわかった。

春日部さやかが必死の抵抗をして、はしって逃げ切れたのは奇跡だった。もしかしたら、事前の心構えができていたせいで、咄嗟《とっさ》のことにも思考停止におちいらずにすんだのかもしれない。

近所の家にたすけをもとめたとき、彼女の制服はみだれて、顔や腕にも痣《あざ》ができていたという。私はその話を聞いて、母のことをおもいだした。父によって体に痣をつくっていた母のことを。

警察に相談したところ、女性が二人組の男に乱暴されたという事件が、すこし前にもあったのだと聞かされる。春日部さやかをおそった二人組はその事件と同一犯だろうか。もしかしたら報告されていないだけで、実際にはほかにも犯行がおこなわれていたのかもしれない。このような事件では、被害者が届け出ないケースがおおいらしいのだ。春日部さやかは未遂におわったが、そうでなかった場合のことを想像すると私はぞっとした。

事件後しばらくして、春日部さやかは私にだけ次のようなことをおしえてくれた。だまっていることができなかったのだろう。

「ねえ、伊織、気になることがあるの。おもいだしたくないけど、はっきりとおぼえてる。私を押し倒した男の顔、覆面が目と口元だけ開いてたんだ。外灯の薄明かりのなかで見えたんだ。その目に、私、見覚えがあったんだよ。気のせいかもしれないし、警察にも話さなかったんだけど……。でも、毎日、見てたから……。ｉＰｈｏｎｅの壁紙にしてたから……。ねえ、どうしよう伊織……。犯人の目、あの写真の目に、にてたんだ……」

彼女のｉＰｈｏｎｅの壁紙といえば、私がバスケの試合中に撮影した上条先輩の写真だった。

4

玄関扉のひらかれる音が階下から聞こえてくる。上条先輩のお父様が帰ってきたようだ。私は物音をたてないように細心の注意をはらいながら室内の調査をつづけた。私がさがしていたのは、先輩が犯罪者であることを示すような手がかりである。

春日部さやかは、上条先輩が犯人のかたわれであるという可能性を口にしたけれど、まだ真実はわかっていなかった。彼女のおもいこみかもしれない。信じてあげたいけれど、先輩が犯人だなんて、あまりにも突飛《とっぴ》すぎる。警察に話すのをためらったのも当然だ。だから私は個人的に調査をすることにした。空気のような存在感を利用して上条先輩のあとをつけるのだ。交友関係をしらべ、ご友人との会話もできるかぎり盗み聞きした。先輩が犯人のひとりだとしたら、もうひとりとどこかで接触し、犯行をにおわす発言をするかもしれない。

階下から談笑する声が聞こえてくる。先輩が二階にあがってくる気配はまだない。机の引き出しをあさってみたが、筆記用具がおさまっているだけだ。いや、引き出しの底の方に、書類の入ったクリアファイルがある。ファイルにはさまっているのは携帯電話回線の契約書のようだ。契約書の間からメモ用紙が見つかる。メールアドレスとパスワードが記されていた。わすれないように書き留めて保管していたのだろうか。

上条先輩が部屋にもどってきたのは、それから十分後のことだ。私はそのとき、クローゼットの奥まった場所にある段ボール箱をのぞこうとしていた。階段をあがってくる気配に気づいて、ひっぱりだしていたものをいそいでクローゼットにもどす。鞄と靴の入った巾着袋を抱えて電気のスイッチを消し、部屋の奥まった場所へとむかった。しかし暗さに目がなれていなかったせいで椅子に足の小指をぶつけてしまう。

がたん、と椅子がうごいて音が出た。激痛がはしる。椅子は机に衝突し、かざられていたバスケットボールがゆれた。それを手でおさえるひまはない。ベッド下の三十センチほどの隙間に私はすべりこんだ。

直後、先輩が扉を開けた。

「美優?」

廊下の照明がさしこんで床を照らす。ベッドと床にはさまれたせまい視界の中、バスケットボールがバウンドし、先輩の足下までころがっていった。

「美優、おまえか?」

部屋があかるくなった。先輩がスイッチを操作したらしい。その手元は私から見えない。ベッドの下に身をふせた状態の私には、先輩の足下しか見えなかった。

いつもならこんな風にかくれなくとも他人に認識されることはないのだが、今は特別な状況においこまれていた。足の小指がじんじんと痛みを発している。その痛みが自分にも肉体があるのだと意識させた。空気中に拡散していた身体のイメージが、痛みを中心に輪郭を描く。

リストカットをする女の子たちの気持ちが私にはすこしだけ理解できた。痛みをともなうことで自分の身体を再認識し、自分はこの世界で生きているのだとおもいだすことができる。だけど今はまずい。痛みの波がひくまでの間、私の姿は見えるのだ。先輩がベッドの下をのぞけば、目が合って、侵入者の存在に気づくだろう。

先輩はボールをひろって、どうやら机の上にもどしたらしい。

かるいステップで階段をのぼってくる気配があった。妹さんが二階にあがってきたようだ。

「美優」

「なに?」

スリッパを履いたほっそりした足が、開けはなしたままの扉のむこうにあらわれる。

「さっき地震なかった? 家、ゆれた?」

「地震? なかったとおもうよ? なんで?」

「勝手にボールがおちたんだ。それに、ほら、物がちょっとずつうごいてる。かざってる小物が、いつもとちがう向きになってる」

「幽霊でもいるんだよ。兄貴、どっかで女の子の幽霊にでもとりつかれたんじゃない？」

妹さんの足は廊下のむこうに消える。自室に入ったらしい。扉の開閉される音が聞こえてきた。

先輩は部屋の中をあるきまわる。靴下をはいた先輩の足が行ったり来たりする。小物の位置をひとつずつたしかめているような気配があった。やがて先輩の足がベッドのほうにちかづいてきた。いよいよ私のいる場所をのぞきこむ気だ。私はそう覚悟した。しかし先輩は、ため息をついてベッドに腰かける。私の体の上でクッションがしずみ、スプリングが軋《きし》みをあげた。

私はおもう。ほんとうに彼がやったのか？　春日部さやかのおもいこみではないか？　もしも事件とは無関係だったとしたら、私の方こそ犯罪者だ。こんな風に他人の部屋に入りこんで、いったい自分は、何をしているんだろう。見つかったら、ただではすまされない。

電子音が鳴った。先輩のｉＰｈｏｎｅに着信があったらしい。

「はい、もしもし、上条です」

通話しながら、ぎし、とベッドを軋ませて先輩は立ち上がり、開けはなしていた部屋の扉を閉める。

「今からですか？　かまいませんよ。鮎川さんは、だいじょうぶなんですか？」

鮎川という人物が電話の相手らしい。カラオケ店でも聞いた名前である。

「わかりました、三十分後に。了解です」

通話を終えて先輩はクローゼットにむかう。服をとりだして着替えはじめた。ベッドの下から見えるのは、脱ぎ捨てた服が床に降ってくる光景だけだ。部屋の扉がノックされて開かれる。

「兄貴、これ、借りてた漫画。あれ？　どっか行くの？」

「コンビニ」

「じゃあ、あんまん買ってきてよ」

「着替え中だぞ、出てけ」

先輩が扉を閉める。兄妹のなかはよさそうだ。こんな先輩が、女性に対して、いわゆる性的暴行なんかをするものだろうか？

着替えがすんで、いよいよ出発という段階になり、先輩はクローゼットの奥まったところにある段ボール箱をさぐりはじめた。なにかをひっぱりだす。私はそれの正体を確認するため身をよじり、視界がひろくなるようにベッドの縁のぎりぎりまで首をのばした。

先輩が手をすべらせて、それを床の上に落とした。黒い布状のものだ。ひろいあげられたとき、だらんとたれさがってその正体がわかる。両目と口元に穴の開いた覆面だった。

先輩はうごきをとめた。

私の息をのむ音が、かすかに聞こえてしまったのかもしれない。

先輩は身をかがめて、ベッドの下をのぞきこむ。そして私と目があった。

しかしそう感じたのはこちらだけで、先輩の視線はベッドの下をさぐるようにうごいて、ほっとしたような顔で立ち上がった。

足の小指の痛みはすでにひいていた。身体イメージは拡散し、私という人間の存在は、先輩に認識できないほどの希薄さにもどっている。

先輩は覆面をポケットにねじこんだ。部屋の電気を消すと、扉を閉めて階段へむかう。真っ暗な室内で私は耳をすませる。両親に声をかけて外に出て行く気配がつたわってくる。玄関扉の開閉音、そして自転車の鍵を外す音。

私はようやくベッドの下から抜け出して窓辺にちかづいた。自転車にまたがって出かけていく先輩の姿がガラス越しに見えた。家の前の通りを、駅とは反対の方角に自転車をこいでゆき、やがて建物の陰に消えてしまう。

先輩は覆面を所持していた。暴行犯のかぶっていたものとおなじような、黒色で目と口元が開いているタイプのものだ。だけど、ちょっとまてよ。さっきのあれは、ただの防寒具じゃないか？　コンビニに行くというのはほんとうで、十二月の風があまりにつめたいから、ああいうのを持って行ったんじゃないのか？　きっとそうにちがいない。でも、自転車にのっていた先輩がちらりと見えたけれど、なにもかぶってはいなかった。防寒対策がひつようだとしたら、自転車にのっているときにこそかぶるべきだろう。まだ、先輩が犯人だと確定したわけではない。だけど……。私は舌打ちする。先輩がほんとうに婦女暴行犯のかたわれだというのなら……。

部屋を出て階段をかけおりる。音が出てもかまわない。巾着袋から自分の靴を取り出して、玄関ですばやくひっかけて飛び出す。

家に入るときは工夫がひつようだったけど、出るときはかんたんだ。玄関扉の鍵を開けて、そのまま出ればいい。その様子を先輩のご家族に目撃されても、はしって逃げればすむ。鍵も開けっ放しでかまわないだろう。それよりも今は、上条先輩に追いつくことが最優先だ。

先輩が犯人だとして、覆面を持って夜に外出したのなら、やることはそれしかないではないか。さっきの電話の相手が、もうひとりの犯人なのだ。その通話の内容とは、いわゆるお誘いの連絡だったのではないのか。今晩、何度目かの犯行がおこなわれようとしているのだとしたら、被害者が出る前に先輩を取り押さえなくてはならない。

十二月のつめたい外気のなかを私は全力疾走した。外灯が点々とつらなる路地には、すでに上条先輩の姿は見当たらない。ひとまず自転車のむかった方角へと私はいそぐ。鞄から携帯電話をとりだし、はしりながら電源を入れた。尾行のじゃまをしてはいけないから、今まで電源を切っていたのである。連絡先から春日部さやかの番号を呼び出して電話をかけた。呼び出し音のあと数秒のうちに彼女が出てくれる。

「もしもし！　さやか！　今、平気？」

「うん、ゲームしてた」

彼女は事件以来、ほとんどの時間を家のなかですごしている。だとしたら、パソコンの使用できる範囲にいるはずだ。

「しらべてほしいことがあるんだ！」

「伊織、どうしたの？　はしってる？」

「うん、はしってる！」

右手に鞄をさげ、左手の電話を耳にあてながらのマラソンである。息が途切れ途切れになり会話もむずかしい。運動なんてあまりやらないから、すでに息があがってしまっている。だけど、これからおきるかもしれないことをおもうと、足をうごかさずにはいられない。今、自分は、犯行を食い止められるかどうかの瀬戸際に立っている。

急にはしったせいで肺が痛い。呼吸困難におちいりそうになりながら、春日部さやかに事情を説明する。上条先輩を調査することなんて彼女におしえていなかったから、ずいぶんとあきれられた。

「なにしてんのよ、伊織……」

「ねえ、さやか、しらべてほしいことがあるんだ」

ポケットにつっこんでいた紙片を取り出す。先輩の机の引き出しから入手したものだ。それに書かれていたメールアドレスとパスワードを春日部さやかにつたえた。

「それをつかって、先輩のメール、読める?」

パソコンやネットについては私よりも彼女のほうがずっとくわしい。

「うん。パスワードが変わってなければね。ログインできれば、いくつかのサービスをうけられるはず。いけないことだけど、この際、しかたないよね」

「鮎川って人とやりとりしたメールを探してくれない? 犯行場所についての記録がのこってるかもしれない。先輩のむかった場所をつきとめなくちゃならないんだ」

「それならメールなんて読まなくてもだいじょうぶだよ」

赤信号で私は立ち止まる。おおきめの道路の交差点が目の前にあった。はきだした息が、白くなってただよう。背中をブロック塀にあずけて、青信号になるまでのみじかい時間、休憩することにした。右手から力が抜けて鞄がすべりおちる。ひろう気もおきない。あとでとりにもどってこよう。携帯電話越しにパソコンを操作する気配があった。

「無事、ログインできた」

春日部さやかがほっとしたように言った。

「それから、うん、やっぱり……。伊織、先輩が今いる場所、わかったよ」

「どうやって⁉」

「端末の位置をしらべるサービスがつかえたんだ」

彼女の説明によると、iPhoneから発信される電波を利用して、その現在地を地図上に表示するサービスが提供されているという。端末を紛失した場合や盗難の被害にあった場合にそなえてのサービスだ。端末側の電源が入っていれば、パソコンのブラウザ上でログインするだけでそれを利用できるらしい。地図上に表示された情報によれば、現在、先輩の所持している端末は、市の管理する公園内にあるとのことだった。

「公園？」

「うん。伊織はどこにいるの？　徒歩で行けるとこかな？」

自分の現在地を春日部さやかにつたえて、彼女がネット上の地図をながめ、その公園の方角と距離をおしえてくれる。それほど遠くはない。信号が青に切り替わった。電話を中断して、ふたたびはしりだす。

つかれて何度も立ち止まりそうになりながら、私はそこを目指した。住宅地が途切れ、うっそうとした茂みのシルエットが見えてくる。生活圏の外だから来たのははじめてだ。果てが見えないほどに広大な敷地面積を持った公園である。

上条先輩の位置を確認するため、公園の入り口でふたたび春日部さやかに連絡をいれてみた。

「たぶん、まだ公園内にいるとおもう。だけど、よくわからない。遊歩道沿いにすすんだ先で、電波が途切れちゃった。端末の電源を切ったんだとおもう」

彼女の報告を聞いて、その意味に気づく。ｉＰｈｏｎｅの電源を切ったのは、急に鳴り出しては困るからではないか。さきほどまでの私とおなじだ。先輩は現在、どこかにかくれて息を殺しているような状態にいるのかもしれない。

「警察、呼んでおいたよ。匿名で連絡してみたんだ。うごいてくれるかな？」

「ど、どうかな……」

声を出すのも苦しかった。こんなにはしったのは何年ぶりだろう。おなかが痛くてすわりこみたくなる。

「伊織、だいじょうぶ？」

「息、ととのえなきゃ……、見つかっちゃうね……」

深呼吸をくりかえし、入り口にたてられた公園内の案内看板をながめる。ともかく遊歩道をすすもう。その先のどこかにひそんでいるはずだ。身体を闇のなかへ溶けこませるようなイメージをうかべる。存在感を消して上条先輩にちかづかなくてはならない。

公園内は外灯の数が圧倒的にたりていない。光のとどかない場所がそこら中にある。石畳の遊歩道に落葉がまだらにふりつもっている。踏むと枯葉のくだける音がした。はしったせいで服のなかは汗ばんでいた。すー、はー、と息をすると、凍《こご》えるような空気が肺に入ってくる。

遊歩道の先には深い闇が立ちこめている。そこから先へすすむには勇気がひつようだった。中学生のときの記憶を呼び覚ます。いじめられている同級生をたすけもせず、傍観を決めこんだことの後悔が胸の奥にのこっていた。私は両手をにぎりしめる。自分にできることがあるのなら、逃げ出さずに私はそれをしよう。一歩ずつ闇の奥へとふみこんでいった。

目の前をちいさな白い粒がよぎる。こまかな雪が夜の公園に舞いはじめた。たよりない外灯の明かりのなかに入ってきたときだけ、雪の粒は暗闇からあらわれ、光の外に行ってしまうと、ふっと存在を消してしまう。うつくしいと感じた。しかしその静寂は、突如、悲鳴によってやぶられる。

遊歩道の闇の奥から騒々しい気配がつたわってくる。呼吸を乱さないように気をつけながら足早にそちらへむかった。石畳からすこしだけはずれた位置で、数人の息が乱れているような気配がある。暗闇に目がなれてきて状況がわかる。二人の男が、女の子を押さえつけていた。

女の子はラフな格好で、そばに買い物袋が落ちており、中身を散乱させている。両足を懸命にうごかしながら、馬乗りになっている覆面の男から逃れようとしていた。しかし両手首をつかまれ、地面に押しつけられたままうごけない。もがいている両足のブーツが地面の落葉をひっかいている。

もうひとりの覆面をした男が、彼女の顔のそばに身をかがめて、丸めたハンカチのようなものを口のなかにつっこんでいた。それでもう声がだせなくなり、女の子は恐怖に顔をこわばらせる。

彼らのあらい呼吸も、衣擦れの音も、すべてが間近にあった。どちらが上条先輩だろう。二人とも体つきが似ていて、覆面で顔をかくし、上下黒色の服装だったから判断がつかない。それどころか、一人の女の子を押さえこんでいる彼らの様子は、人間というよりも野良犬かなにかのようにも見えた。頭を寄せ合い餌《えさ》を食い散らかしている野良犬だ。男が刃物を出す。女の子の口に詰め物をした方の男だ。それを見て女の子の抵抗が弱まった。涙がこぼれおちて顔の側面をつたっていく。もうひとりの男が服を脱がそうとしはじめた。

彼らは日本語でなにかをさけんでいたけれど、私はそれをうまく認識できなかった。ショックやら、恐怖やら、怒りやら、いろいろなものが胸の中で混ぜ合わさっていたせいだ。だけどその一方で、呼吸をやすらかにしなければというおもいもあった。息を乱したら、私の姿はあらわになってしまう。

平常心を心がけながら、そばにころがっていた大きめの石を私はもちあげた。ずしりと重たい石は、ごつごつしていて、とがっている。それをかかえて、白い雪の粒が舞っているなかを、そっと彼らのそばにちかづいて行く。

手がふれそうな距離まで到達しても、男たちは私に気づかなかった。まずは刃物を持っている男の頭へと、私はおもいきり石をふりおろした。

手に、にぶい衝撃がつたわってくる。

突然、頭を割られてたおれこんだ相方を見て、もう一人はぎょっとしたような目をしていた。人をなぐるのにちょうどいい感じの棒がころがっていたので、物音をたてないようにそっと移動して、それをひろいあげる。周囲を見まわしている男にちかづいて、覆面におおわれた顔の側面に、私は力いっぱいにその棒をふりぬく。前触れもなく衝撃が来たように感じられただろう。事前に身構えてそなえることもできなかったはずだ。

インパクトの瞬間、棒はくだけちるように折れた。彼は首をねじまげたような格好で女の子の上からふっとび、地面に横になってうごかなくなった。

雪のちらついている公園で、私は自分の身体をイメージし、空気中に拡散していた存在感をかきあつめる。被害者の女の子が、おびえた様子で警戒していたからだ。

「もうだいじょうぶですよ」

私の姿が認識できるようになって、彼女は、ほっとしたような顔つきになる。高校の制服を着た女の子が、暗がりにまぎれて攻撃し助けてくれたのだと判断したらしい。

涙でぬれた頰《ほお》に、泥がついていた。それをぬぐってやり、なぐさめていると、数名の警官が懐中電灯を持ってちかづいてくるのが見えた。春日部さやかの通報をうけてやってきたのだろう。

事情を説明するのが面倒だったので、私はふたたび存在を消してその場をはなれることにした。最後まで見届けずに公園を出たのは、すこしでも早く電話で春日部さやかの声を聞きたかったからだ。

5

「はい、そこまで！」

腕時計を確認して教師が声を発する。教室のはりつめた空気が途端にゆるみ、そこら中で「あ〜」と残念そうな声がもれた。問題数がおおかったので、時間内にすべてを解くことができなかった者たちだ。私は息をはきだして背伸びをする。二学期の期末試験が、たった今、終了した。

最後列の者が答案用紙を回収して教師のもとへはこぶ。気づくと私の答案が未回収のまま素通りされてしまっていた。もちろん悪気があってそんなあつかいをしているのではない。フラットな状態でも私の存在感が希薄すぎるせいだ。

教卓で答案用紙の束をととのえて、教師が教室から出て行ってしまう。私はそれを追いかけた。

「先生！　先生！　まってください！　私の答案がまだここに！　先生！」

結局、何回も呼んで、ようやく教師は私のことに気づいてくれた。こんな生徒いたっけなあ？　という表情をむけられながら答案用紙を手渡す。

みじかい休憩時間のあと、全校生徒が体育館にあつめられ、二学期最後の全校集会がおこなわれた。校長先生が登壇して、冬期休暇の過ごし方に関するいくつかの注意点が語られた。また、生徒がおこした例の不祥事についても、話を避けることはできない。言いにくそうにしながらも、二度とこのようなことを起こしてはならないと校長先生は念をおした。

不祥事というのは、つまり、上条先輩とバスケ部OBの鮎川という二人組が、婦女暴行の現行犯で逮捕された事件である。未成年だったので全国紙にとりあげられたときは名前が出なかったけれど、学校に激震がはしったのは言うまでもない。鮎川という男はともかく、上条先輩は学内でも評判のいい生徒だったのでよけいに衝撃はおおきかった。

クリスマスが過ぎると町は年末の装《よそお》いになる。ある晴れた日、私はバスに乗って春日部さやかをたずねることにした。彼女の住んでいるところへ行くのは、はじめてだ。事前に聞いてメモしていた道順を見ながら私はあるいた。バス停からの道すがら、凧揚《たこあ》げをしている親子や、犬の散歩をしている人とすれちがう。風はつめたかったけれど、空は青く澄みわたりきもちがよかった。

春日部さやかと会うのはほぼひと月ぶりである。電話やメールでやりとりをしている分には、彼女はとても落ちついているように感じられたが、まだ外がこわくてほとんど部屋にこもっているような状態らしい。

「学校をやめようとおもうんだ」

彼女が電話でそう話したのは前日の夜のことだ。ひとまず休学ということにして、外出が平気になったら復帰すればいいんじゃないか、などと私は引きとめようとしたのだが、彼女の決意は固かった。事件のことをしらない者は学校にいない。登校すれば好奇の視線をあびる。彼女はそれを気にしているようだった。

目的の住所には団地が建っていた。白色の角張った姿は青空によく映えている。階段をあがって三階の通路をすすみ、メモに書いてある部屋番号の扉の前にたどりつく。表札に【春日部】と出ていた。玄関チャイムを鳴らすと「はあい」と声がして金属扉がひらく。ジャージ姿の彼女が隙間から顔を出した。

「ひさしぶり。来たよ」

私は声をかける。しかし彼女は首をかしげて、すこしおびえるように視線をさまよわせる。

「え？　だれ……？」

彼女の視線は私の上を素通りする。私が見えていないようだった。しばらく会わないうちに、ほかの人と同様、私が認識できなくなってしまったのだろうか。不安におもいかけたとき、彼女がぴたりと私の目を見た。

「とか、言ってみたりして」

「……やっぱり帰ろうかな」

「冗談だよ、伊織。ひさしぶり、よく来たね」

学校の屋上で会っていたときみたいに、私たちは、わらうことができた。そのことにほっとする。

「ちょっとやせた？　引きこもってるって聞いてたから、もっと、ふっくらしたかとおもってた」

「気をつけてたんだ。お母さんにケーキを買ってきてもらったよ。いっしょに食べよう」

「ケーキ？」

「うん、宝石みたいなケーキだよ」

「いいところのやつだ」

「いいところのやつだよ」

私たちは玄関先で見つめあった。団地の通路には金属扉がならんでおり、その反対側は手すりになっている。音がして、三軒となりの部屋からおばさんが出てきた。通路をあるいてきたので、私はぶつからないようによける。おばさんが怪訝そうな顔で春日部さやかに会釈《えしゃく》して通りすぎた。私の姿が認識できず、扉をあけて立っている春日部さやかだけが見えていたのだろう。通路の先で、おばさんは再度、こちらをふりかえってから階段に消える。

春日部さやかはため息をついて私に言った。

「さあ、はいって、はいって。いつまでもここにいたらさあ、例の事件のせいで、私の頭がどうにかなっちゃったと誤解されかねないでしょうが。ひとりで玄関先に立ってにこにこしている引きこもりがいたらどうおもう？」

私は手をひかれて部屋に入った。扉が背後で閉まり音をたてる。すこしうす暗い玄関で私は質問した。

「痣は？」

「もう、すっかり消えたよ」

「よかった……」

私はおもわず彼女をだきしめた。春日部さやかは、すこしおどろいていたけれど、ふりほどいたりはしなかった。

「おおげさだなあ」

照れるように言って私の頭をなでる。

朝に目が覚めて、青空がひろがっていたとき、部屋の窓をあけて私は目をつむることがある。このまま風にとけて空にすいこまれていかないかなとおもうのだ。自分もだれかのことを好きになったりするのだろうか。ちょっとそれは想像できないな。などとおもっていたけれど、それはまちがいだった。

高校生活を送るうちに、私は恋愛感情がどんなものかに気づく。ケーキをいっしょに食べよう、だなんて私に言ってくれる人はほかにいない。自分がほんとうのところ彼女のことをどんな風におもっているのか、それをつたえたら気持ち悪いとおもわれるだろうか。だから告白はできないけれど、それでもいい。空気に拡散していた私の身体性は、彼女の体温を感じているこの瞬間、いつもよりはっきりと輪郭をとりもどすのだ。

恋する交差点

わたしと彼がしりあったのは東京のスクランブル交差点だった。信号がきりかわると、いっせいに人があるきだして道路の中央で交差する。視界一面が人の頭やら背中やらでうめつくされ、ひじというひじ、鞄《かばん》という鞄がぶつかりあう。人ごみを歩きなれないわたしは、人間のつくる巨大な波にぐちゃっとおしつぶされた。気づくと、わたしのもっていた鞄が、同い年くらいの男の人のもっている鞄にひっかかっていた。すみません、すみません、とあやまりながら鞄をひきはなそうとするのだが、おかしなぐあいにからまっている。

わたしと彼の鞄の取っ手が、鎖の輪っかみたいに8の字形につながっていたのである。こんなことはふつうありえない。取っ手を一度、切り離して、もう片方の取っ手をくぐらせて、またつなげなければ完成しない形である。

彼の推論によると、鞄と鞄がぶつかりあったときに量子トンネル効果をおこし、取っ手の分子同士がすりぬけてしまったのだろう、とのことだった。宇宙が1000回生まれかわってもおこるかどうかわからない現象だが、科学的にありうるのだという。さっぱりわけがわからない。わたしたちはつながりあったふたつの鞄をもって近所の店ではさみを購入した。彼が自分の鞄の取っ手をきってくれたおかげでそれぞれの鞄は独立した。そのかわりわたしたちはくっついた。親しくなり、これが愛なのかもしれないと思えるようになった。

生まれてからずっと田舎《いなか》の町に住んでいた。そこではゆったりと時間が流れており、昼食のあとにこたつでせんべいをかじっていると、もう夕飯になっているじゃないかという日々だった。高校を卒業し、ニート生活をおくっていたら、両親にお見合いをさせられそうになったので、東京に逃げ出して、専門学校にかよった。東京にはおおぜいの人がいるから、愛のひとつやふたつ、道端にころがってるんじゃないかなという期待もあった。しかし東京にはしりあいがおらず、一人暮らしをはじめたものの、なにやらむなしさがつのるばかりだった。ステップをふみながらティッシュをくばっている人たちに、上下左右前後の全方位からティッシュをさしだされてこまることもあった。すべてのポケットにティッシュをつめこまれた状態で出会ったのが、交差点で鞄のからまりあった彼である。

彼との交際は順調で、いつしかおたがいに結婚を意識するようになったが、実際にふみきることができなかった。原因がある。手をつないで交差点をあるくとき、なぜだかわたしたちの手がはなればなれになってしまうのだ。

ざあーっと人がおしよせてきて、また引いていく。しばらく車が通過すると、信号がきりかわり、また人がおしよせる。彼と手をつないでスクランブル交差点をわたろうとすると、なぜかしらわたしの場合、トンネル効果がおこってしまうのだ。大勢にもみくちゃにされながらも、彼の手をしっかりとにぎりしめているのだが、対岸にわたりおえてふと気づくと、彼ではなく見知らぬ人の手首をつかんでいる。手をはなしたわけでもなく、すっぽぬけたわけでもない。それなのに交差点をわたりおえてみると、わたしの手がにぎっているのは若い男の子の手首だったり、おじさんの手首だったりする。相手の人は、ぎょっとした様子でわたしを見たり、ぽーっと顔をあからめていたりする。途中まで手をつないでいたはずの彼は、いつのまにかはなれた場所で一人になっている。

東京は人が多すぎる。だからトンネル効果が発生する。でも、本当にこれは科学的な現象なのだろうか。自分の心がうつろっているからじゃないのか？　愛に確信がないから、大勢にもみくちゃにされ、いつのまにか彼の手ではなく、ほかの男性の手をにぎっているのではないのか？　いつからかそう思えてきてしまい、結婚にふみきることへの迷いにつながった。

彼とどこかに出かけるときも、スクランブル交差点をさけるようになった。人ごみにもまれて手がはなれるわたしたちに、結婚生活をやっていくことができるのかどうか疑問だった。そのようなとき、田舎の両親から、そろそろもどってきなさいという連絡がきた。

わたしはその件について彼と話し合いたかった。待ち合わせの日時と場所は彼が決めた。
連休の最終日に、渋谷《しぶや》で。

その日、行ってみると想像通りのすさまじい人の数だった。人々のあるく振動で、周囲のビルの窓が小刻みにふるえているほどだった。会うなり彼は緊張した顔でわたしの手をにぎりしめ、駅前のスクランブル交差点にむかってあるきはじめた。わたしは彼にしたがった。見わたすかぎりの地面を人がうめていた。この中をあるこうとすれば、いつのまにかわたしは、ほかの人の手をにぎってしまうにちがいない。しかし彼はあえて休日の渋谷をえらんだのだ。日本一、人が密集しているという渋谷のスクランブル交差点を。わたしたちは大都会の交差点にいどみ、勝たなくてはならなかった。

信号がきりかわり、いっせいに人々があるきはじめた。わたしたちは、おたがいの手をしっかりとにぎりしめて足をふみだした。視界にすきまなく存在する人間の頭や背中。東京に住む人々。彼らは前後左右からおしよせてきた。

がつん、とすれちがいざまに男の人の肩があたった。背後からわたしの名前がよばれる。彼の声だった。ふりかえると、行き交《か》う人のすきまから、はなれた場所に彼の顔が見えた。わたしはいつのまにか見知らぬサラリーマンと手をつないでいた。あわてて手をはなし、人の波をかきわけて彼のいるところにむかった。おたがいに人のすきまから腕をのばし、なんとか手をにぎりあった。

ごんっ、とバンドマンらしい人のかかえたギターが頭にぶつかった。痛みで目を閉じた瞬間、さきほど手をにぎりあったはずの彼がいなくなった。わたしは見知らぬ男子高校生と手をにぎりあっていて、相手はきょとんとした顔だった。わたしは手をはなし、彼の姿をさがした。名前をよぶと、人ごみのむこうから返事があった。

「ここだ！」「どこ⁉」「うしろ！」

人々のむこうに彼の顔があった。必死に腕をのばすと、なんとか中指の先端が彼の指先にからんだ。

どんっ。

中年おじさんの指がからんでいる。ちがうっ。わたしはおじさんの指をふりほどいた。彼の姿が人にさえぎられ、見失った。わたしの体は人の流れにおされ、荒波にほんろうされる流木のようだ。わたしの名をよぶ彼の声がとおざかりつつあった。

わたしは人々の流れにさからってすすんだ。腕をふりまわし、かきわけ、おしのけた。背広の男をよけて、女子高生のスカートの下をくぐりぬけ、ベビーカーをジャンプでとびこえた。がつ。ぼこ。べき。ぐしゃ。体中に人がぶつかり、怪我《けが》をおった。でも、ここであきらめてはいけなかった。見失っても、さがしだして、手をとりあえるはずだった。そのことを証明しなければならないのだ。わたしたちにはそれができるのだということを。

何回でも手をつなぎあえるのだということを。決しておたがいを一人にしないのだということを。

やがて人々のすきまに彼の姿が見えた。彼も人の流れにさからって奮闘していた。おたがいに腕をのばし、ようやく、つめのさきがふれた。なんだか涙がでてきた。人差し指同士をひっかけ、おたがいの体をひきよせ、手をにぎりあった。わたしたちのそばに交差点の対岸があり、そのままふたりでわたりおえた。髪はみだれ、体中が擦《す》り傷だらけになっていた。でも、わたしたちはいっしょに交差点をわたることができたのだ。わたしたちは確信した。きっと、何度でも、はなればなれになっても、おたがいをさがしだして、手をのばし、わたっていける。おなじことができる。だから、だいじょうぶだ。わたしたちはだいじょうぶなんだ。翌日、彼を両親に紹介するため実家にむかった。

スモールライト・アドベンチャー

1

おしっこをちびってしまった。オレではなく、飼い犬のペスのことだけど。

ペスは白い巻き毛の小型犬で、すこし臆病なところがあった。学校からもどり、ランドセルを部屋にむかってほうりなげると、さっそくペスを散歩に連れて行ってやったのだが、近所の家につながれているドーベルマンから吠《ほ》えられてしまい、ふるえあがって、もらしてしまったというわけだ。

「しょうがないさ。おまえは、さっきの犬にくらべたら、子犬みたいなおおきさなんだもの」

うなだれているペスにオレは言ってやった。

帰宅すると、すこしふしぎな小包が届いていた。台所でママがこまった顔をしている。

「さっき宅配便屋さんから受け取ったんだけど、心当たりがないのよね」

伝票は見当たらない。開封してみると懐中電灯が入っていた。黄緑色と青色の配色で全体的にまるみのある形だ。すこしひねると、ぱかっと開いて、電池をいれる場所があらわになる。単二の電池を二本、使用するらしい。

「まちがって届いちゃったのかしら」

「もらっておけばいいじゃん」

「だめよ、かえさなきゃ」

　ペスが小包の箱をがさごそとやりはじめて、うすい紙切れを見つけた。取扱説明書だ。【スモールライト】という製品名らしきものが印刷されている。どこかで聞いたことがあるような、ないような……。

「パパが帰ってきたら、なんとかしてもらいましょう。それより夕飯のしたくをしなくちゃ」

　ママが冷凍の肉を解凍するため電子レンジを操作した。オレはお茶を飲もうとして湯沸かしポットの電源を入れる。すると突然、天井の照明が消えて、部屋が真っ暗になった。停電だ。電気をつかいすぎると、ブレーカーが落ちて、こうなってしまうのだ。暗闇のなかで、ペスのおびえたような、くうん、という声が聞こえてくる。

「懐中電灯、どこに置いてたかしら」

「オレ、いいことおもいついた」

　懐中電灯なら、ここにあるじゃないか。手探りで棚から単二の電池を取り出した。小包に入っていた懐中電灯にそいつをいれて、スイッチをオンにする。ぱっと光の筋がのびて、台所の椅子をてらした。よし、ちゃんと点《つ》くぞ。室内に光をめぐらせる。湯沸かしポットや、テーブルや、電子レンジや、ママに光をむけた。まぶしそうにママが顔をしかめて、その直後、ふしぎな現象が起きた。

「ママ？　どこ？」

オレは呼びかけた。急にママの姿が消えてしまったのだ。それだけじゃない。椅子や湯沸かしポットやテーブルや電子レンジも見当たらない。台所がいつのまにか、がらんとしていた。オレは懐中電灯で照らしながらママをさがす。まずはこの暗闇をなんとかしよう。

脱衣所の天井付近の壁に配電盤が設置されていた。洗濯機の上にのってブレーカーに手をのばす。スイッチをいれたら停電もなおるはずだ。危険だから配電盤にはさわらないようにと言われていたけれど、今は非常事態だからパパもゆるしてくれるだろう。

指先でパチンとブレーカーのスイッチをいれる。廊下の先から光がもれてきた。台所の照明がついたらしい。そのとき、オレは足をすべらせて、足場がわりの洗濯機から落ちてしまった。

どしんと尻もちをつく。懐中電灯が手からはなれて、床の上でくるくるとスピンして、ちょうどオレにむかって光を放つような角度で静止した。オレは光を浴びて、視界が一瞬、真っ白になる。そして気付いた。ママが急にいなくなったのも、椅子やテーブルが消えたのも、この【スモールライト】のせいだったのだと。ママはおそらく、ずっと台所にいたのだ。足下が暗くて、オレが見逃していただけなのだ。

くうん、と、ペスが不安そうな声を出して首をかしげていた。

オレを見つめているその目は、ずっとずっと高い位置にある。ほとんど真上から、オレは巨大な犬に見下ろされていた。オレは混乱でうごけない。ペスがオレに鼻をちかづけてくる。視界いっぱいに黒い鼻先がせまってきて、押しつぶされるかとおもった。ぶしゅっ、とペスがくしゃみをすると、全身に水気のある突風をくらって、オレは後方へとふきとばされた。

ペスが巨大化したのではない。おおきさが変化したのは、オレの方だった。あの懐中電灯から発せられていたのは、物体を縮小させる光だったのである。

2

背丈が十センチメートルくらいになったママが、台所のガス台によじのぼり、夕飯をつくっている。巨大なおたまを両手でにぎり、シチューをかきまぜていた。缶詰を足場がわりにつかって鍋《なべ》をのぞきこんでいる。

「落っこちないでよね」

食卓塩の瓶を背負って、ママのところにはこびながら、オレは声をかけた。こんな状況なのにママは夕飯のしたくをやめない。巨大なまな板の上にジャガイモやタマネギを運んできて、皮をむいて、よっこらせと包丁で切り分けるのを手伝わされた。二人がかりでも大変な作業である。転がってきたジャガイモに押しつぶされて大怪我《おおけが》をするところだった。

「どうしてこうなっちゃったのかしら?」

「きっと【スモールライト】のせいだよ。それより、ちょっと出かけてくるね」

料理のお手伝いが一段落して、やることがなくなると、急に好奇心がわいてくる。オレはじっとしていられなかった。ジューサーの電源コードを床までたらし、それにしがみついて下までおりた。

「どこ行くの?」

崖みたいな調理台の上からママが顔を出す。

「ちいさな体をたのしまなきゃ!」

口笛をふくと、かちゃかちゃと爪の音をひびかせながら、ペスがオレのところにやってきた。急ブレーキして目の前で止まると、その風圧でオレの体はよろけてしまう。

「ペス、ちょっと乗せてよ。行きたいところがあるんだ」

体が縮小されたとわかったときは混乱したけれど、よくかんがえてみれば好都合じゃないか。オレは、春風栞《はるかぜしおり》というクラスメイトのことをおもいだしていた。

春風栞は二学期のはじめに転入してきた女の子だ。いつもつんとすました美少女で、男子の大半がひとめぼれしていた。だけどオレは、栞と話をしたことはほとんどなく、どんな風に声をかければいいのかもわからなかった。そこでオレを含む一部の男子はスカートめくりという暴挙へ出た。オレたちにとってスカートめくりとは、女子とのコミュニケーションの一環なのである。女子からさめた視線をむけられながらも、オレたちは果敢に栞のスカートへチャレンジした。しかしあいつの運動神経と反射神経は小学生の域をこえていた。オレたちの手をひらりひらりとよけたかとおもうと、逆に足をひっかけられて転ばされてしまう。無様な状態でひっくりかえっているオレたちを、あいつは軽蔑の目で見下ろすのだった。

しかし、このちいさな体でこっそりとちかづけば、スカートのなかをのぞくことなどたやすいだろう。踏まれないように気をつけて接近するだけでいい。太ももにそって視線をあげていけば、角度的にスカートの内側をのぞきこめるはずだ。男だったら、やるしかない。オレはペスの白い巻き毛にしがみつき、背中へと這《は》い上がった。

「行くぞ！　冒険だ！　まずは玄関へ！」

ペスはかちゃかちゃと爪音をひびかせながらはしりだす。玄関扉を解錠するため、ペスを二本足で立たせ、その鼻先でオレがつま先だちして、錠のつまみをひねった。ドアのレバーハンドルにジャンプしてぶら下がり、その勢いでまわす。

「ペス！　今だ！　扉を押せ！」

玄関扉に隙間《すきま》ができたのを確認し、ペスの背中に飛び降りた。サイズのあう靴《くつ》がないので、裸足《はだし》のまま家を出る。

気持ちのいい夜風がふいていた。外灯の点《とも》る住宅地をペスが走る。オレはふりおとされないよう白い巻き毛にしがみついた。ガードレールの下をくぐり抜け、駐車された車と車の隙間を通る。工事現場の柵をするりと抜けて、空き地の土管をくぐった。郵便ポストも、看板も、雑草までも、全部が巨大でおもしろい。

「ここだ！」

春風栞の家は高級住宅街にあった。父親が骨川《ほねかわ》財閥の関連会社の重役なのだという。つまりお嬢様なのだ。オレはペスの背中にまたがって堂々とした和風の門を見上げる。

さて、これからどうしよう。栞のスカートをのぞくには、侵入し、部屋を探し、ベッドの脚下かどこかにひそむしかないのだろうか。でもそれって不法侵入になるんじゃないか。

いい案をおもいついた。栞にここまで出てきてもらおう。門柱を見上げた先にドアチャイムがある。インターホンで屋内と話ができるタイプのものだ。

門柱のそばにしだれ柳があり、長い枝が地面のそばまでたれさがっている。それをよじのぼって、ターザンのように枝から枝へ移動し、ドアチャイムにとびうつる。両腕でぶらさがり、足の裏でキックしてボタンを押しこんだ。

「はい、どちらさまでしょう」

インターホンから女性の声がする。栞の声ではないようだ。母親だろうか。オレはマイクに話しかけた。名前を伏せて、クラスメイトだと説明する。

「栞さんに渡したいプリントがあるんですけど、ご在宅でしょうか」

「お嬢様は、まだ塾からお戻りになっていません。私がかわりに受け取っておきましょうか」

栞はどうやら留守のようだ。オレはすこしざんねんな気持ちになる。

口笛をふくと、ペスが真下に移動してくる。ドアチャイムを蹴って柳の枝にしがみつき、滑《すべ》り降りるようにしながらペスの背中へと降り立った。すこしたって門の通用口が開き、お手伝いさんらしき女性が出てきた。外にだれもいないので首をかしげている。門からすこしはなれた位置に白色のミニバンが停まっていたので、オレとペスはその後ろにかくれた。お手伝いさんはやがて門のむこうへともどる。

「栞が帰ってくるまで、ここで待っていよう」

くうん、とペスが鳴いた。ここまで来たら、どうしたってスカートをのぞいてみたかった。オレはミニバンのタイヤに寄りかかって夜空を見上げる。頭上にうかんだ白い月が、つんとすましたきれいな顔立ちをおもいださせた。足をひっかけられ、ころんでいるオレにむけられた、軽蔑のまなざしがよみがえる。オレはあいつのことが好きなんだろうか。

自分の感情が、まだよくわからない。スカートのなかをのぞいて、それから、どうする？見てやったぜ！　と言いふらし勝ちほこればいいのだろうか？　あいつが、はずかしそうにうつむくのを見たいのか？　それとも怒った顔が見たいのか？

首を横にふる。うじうじと、かんがえるのはやめだ。オレは、スカートをのぞく。それだけだ。

車の音がして、周囲がヘッドライトで照らされる。住宅街の路地を高級車がちかづいてきた。春風栞は学校や塾までおくりむかえをしてもらっていたが、その際に見かける車だ。

「ペス、あれに栞が乗ってる。車からおりたところをねらおうぜ」

白い毛むくじゃらの背中に這い上がった。しかしそのとき予想外の事態が起きる。

オレたちのすぐ横で、突然、ミニバンの扉が開いた。のっぽのおじいさんがひとり出てきたかとおもうと、ふらふらとあるいてきて、栞の家の前でよろめくように倒れてしまう。いかにも具合がわるそうな様子だ。栞の乗っている高級車がおじいさんの手前で停まり、運転手が心配そうにおりてきた。

「だいじょうぶですか？」

ちかづいて声をかけたそのとき、おじいさんがむくりとおきて、運転手の首筋になにかを押し当てた。ばちり、と音がして、運転手はぐったりとする。高圧電流の流れるスタンガンだ。テレビドラマで見たことがある。

そいつは運転手を放置して高級車の後部座席にむかった。身のこなしがかるい。変装でおじいさんに見せかけていただけのようだ。扉を開けるとそこに栞の姿があった。いつものすまし顔が、さすがに今はこわばっている。

「だれ⁉」

いやがる栞の腕をつかみ、力ずくで後部座席から引きずり出す。抵抗していたが、大人の力には勝てないようだ。栞はミニバンに乗せられてしまった。運転席にもうひとり、待機していたらしく、栞が乗せられると同時にエンジン音を轟《とどろ》かせて走り出す。後には無人の高級車と、地面にたおれた運転手と、オレたちがのこされた。あっけにとられて見ていることしかできなかったが、気を取り直してオレはさけんだ。

「ペス！　追うぞ！」

わん！　ひとつ吠えて、白い毛むくじゃらの体がはしりだす。

3

誘拐だ。夜の町を疾走するペスにしがみついてオレはかんがえる。警察に通報しなくちゃ。いや、ミニバンの行き先をつきとめるのが先だ。しかし直線の道路になるとペスの足では追いつけなかった。引き離されて車体が見えなくなってしまう。信号に相手がつかまっている間、また距離をちぢめることができた。違法駐輪された自転車の間を抜けて、信号待ちしている車のヘッドライトの前を横切った。駅前の人通りがおおい場所を行く。ペスは通行人の足と足の間をかいくぐった。突然の犬の出現におどろいて通行人が声をあげる。犬の背中にちいさな人間がしがみついていると気付いた者はいただろうか。

ミニバンを見失い、ペスが路面に鼻をおしつけて行方をさがす。海の方角に鼻先をむけて吠えたので、それを信じることにした。海岸沿いに倉庫の建ちならぶ一画がある。通行人はいなくなり、道路を行き交《か》う車もまばらになった。

真っ黒な夜の海に、遠くの工場地帯の明かりが映りこんでいる。とある倉庫の前にミニバンが停まっていた。車内は無人だったが、車体にふれると熱をもっている。

「ペス、おまえが言葉を話せたら、公衆電話をさがして、通報してきてもらうんだけどな。ここで待っててくれ。オレひとりで、倉庫のなかを見てくるよ」

まずは栞の状況を確認しておきたかった。ペスの背中からおりて倉庫へむかった。荷物の搬入口は閉ざされていたが、通用口は開けっ放しにされ、屋内の明かりがもれている。

倉庫内部に足をふみいれた。今のオレには、まるで宇宙のように巨大な空間だった。天井がずっと高い位置にあり、照明がいくつもぶらさがっていた。金属製のコンテナが積み上げられ、コンクリートの地面にたまっている砂ぼこりが裸足の足にざらついた。オレの足跡が点々とのこったけれど、あまりにちいさくて発見されることはないだろう。コンテナに沿って行くと、角をまがったところに白骨化したネズミの死骸が横たわっていておどろいた。そのとき、男たちの会話が聞こえてくる。

「おとなしくなりましたね」

「薬が効いてきたらしい。やれやれ、飲ませるのに一苦労だ。こんなに噛《か》まれちまった」

コンテナの陰にひそんでオレは様子をうかがった。雑多な荷物の合間にソファーが置かれている。そこに栞が横たわっていた。どうやら眠っているらしい。

二人の男が栞の寝顔を見下ろしている。ひとりはのっぽで、もうひとりはふとっちょだ。老人に変装していたのは、のっぽのほうだろう。変装の痕跡がうすくのこっていた。

「かわいい子だなあ」

ふとっちょが栞の頬《ほお》に指を這わせた。いやらしい顔つきに、オレは腹がたった。

その一画は、リビングやダイニングキッチンのように家具が配置されている。ソファーの横に観葉植物が置かれ、冷蔵庫やキッチンカウンターまである。ここが誘拐犯たちのアジトにちがいない。のっぽとふとっちょのコンビは、テーブルに置かれた電話の前にあつまった。その隙に、オレはソファーへ駆け寄る。栞の手がクッションの上からたれさがっていたので、その指先を両手でつかみ、ぐいぐいと揺らしてみた。

「起きろ！」

オレはさけんだ。誘拐犯たちが会話をぴたりとやめる。ふりかえる気配があった。あわててオレは隠れ場所をさがす。ソファーからこぼれおちている灰色の布があった。栞のスカートの裾《すそ》だ。その後ろに逃げこんで、様子をうかがった。

「今、声がしなかったか？」

「さあ、気のせいでしょう。それよりも、兄貴、そろそろ……」

「ああ、わかってる」

のっぽが受話器を手に取り、電話しはじめた。

「もしもし、春風さんのお宅だね？　運転手の目はさめたかな。それならもう事情はわかってるだろうね。警察に電話するんじゃないぞ。こちらの言う通りの額を用意するんだ。用意できなけりゃあ、娘には二度と会えないぜ」

誘拐犯の提示した金額は天文学的な数字だった。のっぽが金の受け渡し方法について説明している間、ふとっちょはおちつかない様子でそわそわと行ったり来たりしている。肌触りのいい灰色の布地にひそんだまま、オレは男たちを観察する。

ふとっちょは汗をふくためにポケットからハンカチを出した。そのとき、何かがいっしょに出てきて足下に落下する。二人とも電話に集中しているため、それに気付いていない。目をこらして、オレはその正体をしる。たぶん、あれは、きっとそうだ。

さて、どうする？　倉庫から出て公衆電話をさがして警察に通報するべきか？　だけど、公衆電話がちかくになかったとしたら？　警察の到着がおくれたら？　さきほど、ふとっちょが栞の頬に指を這わせたのをおもいだす。のんびりとはしてられないぞ。オレは今、この場で、誘拐犯の二人をなんとかしなくちゃならない。

二人が電話に集中しているのを確認してオレは飛び出した。観葉植物の鉢植《はちう》えをまわりこんで、家具の脚下を移動する。途中にネズミ捕りが仕掛けられており、あやうく引っかかりそうになりながら、誘拐犯たちの足下に接近する。

「声を聞かせろ？　だめだね。今、薬で眠らせてあるからな。じゃあよろしくたのんだぜ」

ガチャン、とのっぽは電話を切った。

「さあて、前祝いだ。腹がへっちまった」

二人が冷蔵庫やキッチンカウンターのある方に移動する。オレは家具の隙間から走り出た。ふとっちょの足の下をくぐりぬけて、そいつのポケットから落ちたものを回収する。抱え上げるのに両腕をひろげなくてはいけなかった。だけどそんなに重くはない。

それは白い錠剤だった。透明プラスチック製のシートに、ぽっちがならんでおり、一粒ずつ錠剤がおさまっている。数粒がすでにないのは、栞に使用したからだろう。おそらくこれは睡眠薬だ。これをつかえば、ちいさな体でも、栞を救うことができるかもしれないぞ。

4

男たちが冷蔵庫からビールやチーズやアーモンドを出してテーブルに並べている間、オレは家具の隙間で準備をした。ひろった針金をつかって、錠剤のシートの銀紙をこじ開け、白い粒を取り出して左右のポケットにつめこんだ。縮小されたズボンのポケットは、たった一粒でいっぱいになってしまうので、シャツの内側にのこりをいれる。

ふとっちょが鍋にお湯を沸騰《ふっとう》させてパスタを作り始めた。のっぽがふたつのグラスにビールをそそぐ。

「あんまり酔うなよ、金の受け渡しがあるからな」

「大金持ちになったら、盛大に祝杯をあげましょうね」

見上げた先にあるテーブル上の電話機から、黒色の線が床までたれさがっている。電話回線のケーブルだ。オレはそいつにしがみついてよじのぼった。縮小されたオレの体にとって、ビルの屋上ほどの高さを垂直にのぼるのといっしょだ。体重も軽くなっていたから、なんとかギブアップしなかったけれど。途中、滴《したた》った汗が、はるか下に落ちていった。

テーブルの縁に手をひっかけて這いあがると、電話機の背後にかくれる。ビール瓶やグラスや瓶詰ピクルスがずらりとビルのようにならんでいた。今のオレにはどれも巨大な代物だ。それらの背後にひそんでオレはチャンスをうかがう。

誘拐犯たちがやってくると、その影がオレの隠れている場所まですっぽりとおおった。二人はビールのグラスを手にとり乾杯をした。ひとくちだけ飲んで、ふとっちょはパスタ作りへ、のっぽは食器棚へむかう。飲みかけのグラスがふたつ放置される。

今だ！　皿に盛られたチーズの山を飛び越えて、オレはそこに接近した。持っていた錠剤を全部、それぞれのグラスに投入すると、しゅわー、とビールに泡がたつ。錠剤はすぐには溶けなかったが、泡にさえぎられて見えない。これでよし。テーブルから脱出しよう。電話線につかまってするすると床に下りるのだ。しかし、そのときだ。

「兄貴、パスタを置く場所、つくっといてください」

「まかせろ」

のっぽはテーブルにちかづいてくると、電話機を持ち上げ、床の上に移動させた。オレはいそいでピクルスの瓶の背後にかくれながら困惑する。テーブル上から脱出する手段をうしなってしまったからだ。

誘拐犯たちはレコードで音楽をかけたり、おどったり、チーズをむさぼったりする。テーブルに接近するたびにオレは、ピクルスの瓶やビール瓶の背後を行ったり来たりして見つからないように努力した。くるりと巻かれた生ハムのなかに身をひそめてやりすごすこともあった。やがてふとっちょはパスタを完成させ、皿に盛りつけてテーブルにはこんできた。二人はビールをぐびぐびと飲んでグラスを空《あ》けてくれた。はたしてどれくらいで薬は効いてくるのだろう。

「もう一杯くらい、いいよな」

のっぽが冷蔵庫から瓶ビールを持ってくる。ふとっちょがソファーの方に向かうのが見えた。いやらしいそいつの顔が想像できて鳥肌が立つ。気付くとオレは、テーブルの縁まで飛び出していた。

「栞にちかづくな！」

大声でさけんで、それからオレは、しまったと口をつぐむ。

ふとっちょが立ち止まり周囲に視線をめぐらせた。いそいでかくれようとしたが、すでにのっぽがオレを見つけて目をこすっている。

「変だな。そんなに飲んでねえのに、酔っちまったらしい」

ふとっちょもまた、オレに気付いて唖然《あぜん》とした顔になった。

「小人だ！　小人がいる！」

見つかってしまったものはしかたない。オレは気を取り直して、精一杯の声でさけんだ。

「やい、こら！　誘拐犯め！　栞を解放しろ！　警察に言ってやるからな！　顔もおぼえたぞ！　逃げたって無駄だ！」

はじめのうち男たちは、おっかなびっくりオレを遠くから観察していた。しかしオレの話を聞くにつれ、顔色がかわってくる。放っておくと危険なやつだと判断されたらしい。

「と、とにかく、つかまえようぜ！」

「へい！」

男たちが、オレをつかまえようとせまってきた。

オレはテーブルの上を逃げ回る。四本の腕が皿をはじきとばしながらオレを追い立てた。手のひらが前と後ろからはさみこんできたので、横に跳んで逃げると、のっぽとふとっちょがぶつかってころんだ。オレはたおれたビール瓶を飛び越え、ドライフルーツをまきちらす。ジグザグに逃げて、二人を翻弄《ほんろう》する。

しかし、チーズの上を駆け抜けようとしたときだ。おもいのほかクリームチーズがやわらかくて、裸足の足が抜けなくなった。追い詰められ、そばにあったパスタのなかに飛びこむと、あまりの熱さに火傷《やけど》をしそうになる。ふとっちょがパスタをフォークでからめとろうとするので、あわてて逃げ出したところに、さっきまでビールの入っていたグラスをかぶせられた。オレは身うごきできなくなる。

「おまえは何なんだ」

のっぽがグラスに顔をちかづける。今のオレの身長よりもはるかに巨大な顔が視界いっぱいにひろがる。そいつを見上げてさけぶ。

「オレは栞のクラスメイトだ!」

「そんなにちいさな体でか?」

のっぽはオレが逃げないよう慎重にグラスを持ち上げ、襟首あたりを指でつまんでぶらさげる。

「放せ！」

オレの足は宙をかく。いつのまにか男たちはふらついていた。薬が効きはじめているのだろうか。のっぽはオレをつまんだままガス台にちかづいた。パスタをゆでたのこりのお湯が鍋にたっぷり入っている。火を点けて、そいつをまた沸騰させる。オレをそのなかに投げこむつもりらしい。あせっているオレを見て、ふとっちょが高笑いしている。オレは栞を呼び続けた。目を覚ませ！　逃げろ！　栞！　起きろ！　鍋がぐつぐつと煮立ってきた。鍋の中へ投げこまれる直前、オレは、もうだめだとおもった。しかしそのときだ。急にのっぽが悲鳴をあげる。そいつの足に、白い巻き毛の小型犬が嚙みついていたのだ。

ペス！　オレの声を聞いて、外から駆けつけてくれたらしい。ペスは果敢に飛びかかった。ふとっちょに体当たりすると、そいつの腕が鍋にあたって、熱湯が周辺にぶちまけられた。ペスはそれにひるんで遠ざかる。誘拐犯たちは、ペスがおそるるにたらない小型犬だと気付いて攻撃に転じた。二人に威嚇《いかく》されてペスはふるえあがった。しかし逃げ出そうとはしなかった。自分より何倍もおおきな犯人たちに、吠えて吠えて吠えまくった。蹴られて、傷だらけになっても、何度でも立ち上がって突進する。

「この野郎！」

のっぽがオレをペスにむかって投げつけた。しかしオレの体はペスの頭上を飛び越えて遠くへ行ってしまう。着地点にはソファーがあり、横向きにねていた栞のおしりの上で、オレはぼよんとはねた。

最終的に男たちは薬でふらふらの状態でペスの剣幕に気圧《けお》されていった。雑多に積み上げられた荷物の一画へと追い込まれ、足をもつれさせて倒れる。その上に荷物がかたむいてきて、ほこりをまきあげながら、どさどさとふりそいだ。ほこりがすっかり晴れてしまうと、山になった荷物の下から、うごかない誘拐犯たちの足がつきでており、その前でペスは傷だらけの状態でほこらしそうな顔をしていたのである。

5

ペスの背中に乗って帰宅したオレを、パパとママが出むかえてくれた。台所の家具やママの身長はもとどおりの状態にもどっていた。会社帰りのパパが【スモールライト】の説明書を読んで、もとどおりにするやり方をしらべてくれたのだ。解除光線というものを発するボタンがあり、その光に照らされると、もとのおおきさになれるらしい。さっそく解除光線をあててもらい、ペスの怪我を治療していたら、外からパトカーの行き交う音が聞こえてきた。「何かしら?」とママが首をかしげる。

きっと町中のパトカーが倉庫にあつまっている音にちがいない。オレはそうおもったけれどだまっていた。犯人たちの体は身動きできないようにしばっておいた。ちいさな体で大人をしばるのはたいへんだったけど、『ガリヴァー旅行記』で小人がガリヴァーをしばったみたいにやってのけた。それから、栞が警察に保護されるところまで見ていたかったが、帰りがおそくなると心配されるので、公衆電話から通報してすぐに立ち去ることにした。ペスに協力してもらって受話器を外し、警察に連絡するための緊急通報ボタンを、何回も体当たりして押しこんだ。その晩のうちに栞は保護され、誘拐犯は逮捕された。以上が事の顛末《てんまつ》である。

例の懐中電灯は、翌日に宅配業者が家をたずねてきて回収していった。犯人たちは、小人を見たなどと、奇妙な証言をしたようだけど、だれにも信じてもらえなかったようだ。そしてあの騒動以来、ペスは散歩中にドーベルマンから吠えられてもおしっこをちびらなくなった。すこしおびえはしていたけれど、今では顔をあげてまっすぐにそいつの前を横切ることができる。

もうひとつ変化があったとすれば、オレと栞に関することだ。ペスの散歩をしていたら、見覚えのある車がオレの前で停まって、後部座席から栞がおりてきたのである。つんとすました顔のまま栞はオレに質問した。

「誘拐事件があったの、しってるでしょう？　私が薬でねむらされてるとき、きみの声を聞いた気がしたの。あのとき、私を呼んだ？　警察に通報してくれたのって、もしかして、きみなんじゃない？」

もちろんオレは、しらないふりをしてすっとぼけた。

だってほんとうのことを説明しようとすれば、スカートをのぞくために家をたずねていったことまで白状しなくちゃいけないからな。

ファイアスターター湯川《ゆかわ》さん

1

火気注意！
ストーブの消し忘れに気をつけてください！
管理人より

張り紙は住人の目につきやすいところに張った。俺は冬がきらいだ。空気が乾燥し、ちょっとした火でも、すぐに燃え広がって火災へとつながってしまう。うちのような古い木造アパートなどは一瞬のうちに消し炭と化すだろう。だからこの時季になると俺はこうした張り紙を作成する。

叔父《おじ》の所有する六花荘《りっかそう》という物件は、入り組んだ住宅地のなかにあった。二階建ての木造で、外壁はぼろぼろだ。外に面した鉄製の階段は錆《さび》にまみれている。どこにも行く当てのない高校生の俺をあわれんで、叔父が六花荘に住まわせてくれたのは数年前のことだ。家賃はいらないと叔父は言ったが、金にうるさい叔母《おば》はそれに反対した。結果、俺は住み込みで管理人をすることになった。管理人としての給料をもらいながら、その一部を家賃として支払うわけだ。

六花荘から通学できる範囲の大学へと、奨学金をもらって進学した。一日の講義の後、仲間からあそびにさそわれることもあった。

「このあとカラオケに行かないか。女の子も来るんだぜ」

「すまん、今日は雨漏りの補修工事をしなくちゃならないんだ」

六花荘はあまりに古く、そこら中にほころびがある。雨漏りや排水管の詰まりは日常的で、その度にプロの修理人をやとっていたのではいくらお金があっても足りない。そこで俺が出向いて直接、トラブルを解決する。そのために断ったあそびのさそいは数限りない。仲間とのボウリングをキャンセルし、バーベキューをキャンセルし、飲み会をキャンセルした。結果として女の子と出会う機会もなく、仲間たちの間で恋人がいないのは俺だけとなった。いちゃついている大学のクラスメイトたちを横目で見ながら、俺は六花荘のトイレの詰まりをなおすため帰路につく。そのうちに仲間たちは俺をさそわなくなった。

しかしこの仕事が嫌いではない。まともな家庭というものをしらない俺にとって、六花荘の住人たちのあたたかさは何物にも代えがたい。

「管理人さん、煮物をつくりすぎたから、もってって」

１０２号室でひとり暮らしをする立花《たちばな》さんはいつも俺の部屋に煮物をもってくる。

「はい、これ。蛍光灯《けいこうとう》の交換をしてくれたお礼だよ」

２０３号室の母子家庭の少女は秋山《あきやま》香澄《かすみ》ちゃんといって俺にいつもラムネを一粒くれ

た。

六花荘は全部で六部屋ある。壁もうすく、せまいかわりに、家賃がおそろしく安い。住んでいるのは所得のすくない人たちばかりで、なかには生活保護をうけている方もいる。だけどわるい人はいない。蜂《はち》にさされながら軒先《のきさき》の蜂の巣を取り除いたとき、住人全員が拍手で俺をあたたかくねぎらってくれた。そんな六花荘に湯川《ゆかわ》さんが引っ越してきたのは冬のはじまりのころだった。

201号室に住んでいた中年の女性が、俺のところをたずねてきて退居の旨《むね》を告げた。彼女は結婚に三回か四回くらい失敗しており、水商売をやりながら生計をたてていたのだが、この度、四回目か五回目くらいの結婚をすることになったという。翌月に彼女は引っ越していき部屋が空《あ》いた。それが夏の出来事だ。

俺はさっそく次の入居者を募集する。懇意にしている仲介業者に話をしてみたが、なかなか決まらなかった。家賃の安さにひかれて、何人か見学に来たものの、今時、エアコンもついていないアパートに住みたがる者はいない。201号室は空室の状態で半年ほど過ぎてしまう。入居者がいないと家賃収入も発生しない。俺の管理人としての給料も減らされる可能性があった。そんなとき、ひとりの若い女性が、仲介業者のおじさんといっしょに見学に来たのである。

「湯川です、よろしくお願いします」

彼女はおっかなびっくりという様子で俺に頭をさげる。ひとり暮らしをするのがはじめての女子大生かな、というのが彼女の第一印象だった。ものめずらしそうに集合郵便ポストや鉄階段などをながめていた。身長は俺とおなじくらいで、顔立ちのきれいな子だ。直毛のさらさらの長い髪が光の加減で赤茶色に見えた。だけど染めているわけではなく、うまれつきの色らしい。なによりもおどろかされたのは、新雪のように真っ白な肌だ。後に判明したところによれば、彼女はロシア人の祖母を持つクォーターなのだという。

２０１号室の鍵を開けて、仲介業者と彼女を案内する。四畳半の広さに三人が立つと窮屈《きゅうくつ》だった。大抵の見学者は部屋に入った瞬間、気持ちが遠のいていくような雰囲気を発する。ここに住むのはありえない、という表情をするものだ。しかし湯川さんはちがった。

「よいですね。とても、かわいらしい部屋です」

口元をほころばせて彼女はうなずいた。ちいさな流しと一口だけのガスコンロを指先でつーっとなでる。

「これは住むことができますね」

「そりゃそうですよ。住むところなんですから」

仲介業者のおじさんが言った。なごやかな雰囲気だ。もしかしたら入居してくれるかもしれないと俺は期待してしまう。しかし、窓を開けようとしたら、すべりがわるくて、うまく開かなかった。がたがたと力をいれているうちに埃《ほこり》が舞った。湯川さんが鼻をむずむずさせ、くしゃみをする。

ぱちん、と何かのはじけるような音がした。焦《こ》げ臭いにおいがただよう。俺はどきりとして周囲に視線をさまよわせた。どこかの部屋で火災が発生しているのではないか。でも、それらしい兆候は見当たらない。かわりに、口と鼻を手で押さえている湯川さんと目があった。彼女の瞳は、まるで動揺するようにゆれうごいて、俺から目をそらす。焦げ臭さはすぐに消え去って、気のせいだったのだと俺はかんがえる。

見学が終了して湯川さんと仲介業者のおじさんは帰った。その夕方に電話がかかってきて、彼女が六花荘への入居を決めたとの報告がもたらされる。仲介業者のオフィスで書いてもらった賃貸契約書が六花荘に届けられた。記入された彼女の名前をながめる。

湯川四季《しき》。

子どものころ、もしかしたら、湯沸かし器などと呼ばれて、からかわれたかもしれない。年齢は二十五歳。保証人の欄に男性の名前と住所と電話番号が書いてある。借り主との関係は〝父〟となっているが、苗字《みょうじ》が湯川ではない。家庭の事情でもあるのだろうか。まあ問題ないだろう。仲介業者が確認してＯＫの判断を下しているのだから。

湯川さんの入居日が決まって、俺は設備の最終チェックをおこなう。雨漏りがないか、排水管の詰まりがないかをしらべた。その際にすこし気がかりなものを発見する。201号室の畳に黒い点があった。おおきめの蟻《あり》といったサイズである。顔をちかづけると、どうやら畳の表面がすこしだけ焦げているらしい。こんな焦げ跡、以前はあっただろうか。

それが湯川さんの仕業《しわざ》であることを俺は後にしることとなる。部屋を見学した際、彼女はくしゃみをした。その瞬間、この焦げ跡も同時に誕生したのである。奇妙なことではあるが、彼女のまわりにはそのような現象がおこるのだった。冬にセーターを着ると静電気が起きるように、彼女がくしゃみをすると畳や壁に焦げ跡が生じる。空気の乾燥する季節、燃えやすい木造アパートに決して入居させてはならない人物。それが湯川四季だったのだ。今後は賃貸契約書にも書いておくべきである。パイロキネシスの方は入居をお断りしますと。

パイロキネシスとは超能力の一種であり、火を発生させる力のことだ。パイロはギリシア語で〝火〟を意味し、キネシスは〝動き〟を意味する。その言葉を最初に用いたのは作家のスティーヴン・キングであり、小説『ファイアスターター』の主人公の少女がパイロキネシスという設定だった。しかしこの能力は物語上の出来事にとどまらない。たとえば1965年のブラジル・サンパウロ州で、1983年のイタリアで、あるいは1986年のウクライナ・ドネツク州で、火の気のない場所における火事が頻発《ひんぱつ》した。それらは特定の少年や少女がいた場所でのみ発生しており、彼らがパイロキネシス能力により無意識に火を生じさせたものだとも言われている。

湯川さんの引っ越しはしずかなものだった。所持品はスーツケースがひとつだけで、家具を運び込む様子もないままに完了する。六花荘の部屋をひとつずつたずねて、あいさつしてまわる様は初々《ういうい》しいものだった。

入居から間もない時期、近所のスーパーで買い物をしていたら、声をかけられた。

「管理人さん」

ふりかえると湯川さんが総菜コーナーに立っていた。毛糸の帽子から赤みを帯びた長い髪がたれさがっている。

「いいところに通りかかってくださいました。これ、どうやって買うんです?」

彼女は売り物のコロッケを指さしていた。どうやら買い方がわからないらしい。そのスーパーでは総菜のコロッケを専用のトレイに詰めて、レジでお金を支払うというシステムだった。そう説明してやると、次の質問が飛んでくる。

「カレーを作りたいんです。ルウがいっぱい売られていて、どれを買えばいいのかわからないんです」

「どれでもいいんじゃないですか。だいたい、どれもいっしょだとおもいますよ」

「そういうものですか」

「カレー、作ったことないんですか？」

湯川さんはうなずいた。なりゆきで彼女の買い物を手伝うことになる。彼女には世間知らずなところがあった。スーパーでひとりで買い物をすることさえ、ほとんどはじめてだという。

「いつも家政婦さんが身の回りのすべてのことをやってくれていたんです」

レジで彼女が財布《さいふ》を出したとき、ちらりと中身が見えた。大量の一万円札が入っている。どこかのお金持ちのご令嬢なのだろうか。しかしそんな人がなぜ六花荘でひとり暮らしを？　管理人の俺がこう言ってはなんだけど、もうちょっとマシなところに住めばいいのに。

それぞれに買い物袋をさげて、俺たちは六花荘までの道のりをあるいた。すでに空は暗く、外灯が点《とも》っている。道中の話題は周辺の施設についてだ。病院や郵便局や交番の場所をおしえてやった。彼女が特にしりたがったのは消防署の位置である。電話して何分くらいで六花荘まで来てくれるのか、ポンプ車はどこから水をひっぱってくるのか、などとこまかく質問される。

六花荘にたどりつくと、俺の住んでいる１０１号室の前に人影があった。１０３号室に夫婦で住んでいる老人だ。彼が呼び鈴を鳴らしている。

「東《あずま》さん、どうされました？」

「やあ、管理人さん、ちょうど良かった」

老人は、ほっとした様子である。ちなみに東さん夫婦は競馬とパチンコに人生をささげた二人である。最近は奥さんの方が寝たきりになってしまい、彼はその介護をしながら生活していた。

「困ったことになってね。お湯が出ないんだよ。給湯器がこわれちゃったみたいなんだ」

またかと俺はため息をつく。東さんの話によれば、奥さんをお風呂に入れようとして浴槽にお湯をためていたのだが、水しか出てこないという。

俺は１０３号室の給湯器をしらべてみることにした。玄関扉の横のパネルを開けていじってみる。東さんには浴室へ移動してお湯を出してみてもらった。しかし冷たいままだという。湯川さんは部屋にもどらず、鉄階段のそばに突っ立って興味深そうに俺の行動の一部始終をながめていた。浴室の小窓は通路側に面している。そこを開けておけば給湯器をいじりながら浴室内の東さんとやりとりをすることができた。

「だめです、管理人さん、水のままです」

「素人《しろうと》では手に負えませんね。業者におねがいしましょう」

「迷惑かけるね……」

小窓をのぞいてみると、東さんの背後に、冷たい水をいっぱいにためた浴槽がある。足をのばすことのできない、ちいさなサイズの浴槽だ。その場で俺は携帯電話をとりだして給湯器の修理を依頼する。通話を終えて俺は小窓越しに報告した。

「明日には来てくれるそうです」

「じゃあ、今日はあきらめるか」

「すみません……」

東さんが玄関扉を開けて出てくる。買い物袋をさげたままの湯川さんがちかづいてきて、103号室の小窓から浴室をちらりとのぞいた。それから東さんをふりかえって彼女は会釈《えしゃく》する。

「あ、どうも。201に引っ越してきた湯川です」

「この前、あいさつにきてくれたよね」

東さんはやさしそうな笑みをうかべる。

「きみみたいな若い子が、こんなおんぼろアパートに引っ越してくるなんて。借金かなにかあるのかい？」

「東さん……！」

俺は老人の側頭部にやんわりと空手チョップをいれる。湯川さんは苦笑いしながら首を横にふった。借金持ちの子が財布にあれほどの一万円札を入れているわけがない。彼女は浴室の小窓から離れると鉄階段の方へむかった。彼女の部屋は201号室。つまり俺の部屋の真上だ。

「管理人さん、買い物につきあってくださってありがとうございました。それから東さん、お湯、わいてますよ」

謎《なぞ》の言葉をのこして彼女は階段をあがっていく。俺と東さんは首をかしげる。そのとき、浴室の小窓から立ち上っている湯気に気付いた。のぞいてみると湯気の発生源は浴槽にはられた水だとわかる。いや、それはもう水ではなかった。東さんが浴室に移動して浴槽に手を入れる。「熱っ!」と言ってあわててひっこめた。追《お》い焚《だ》き機能もないのに、いつのまにかそれはお湯になっていたのである。

湯川さんの入居から二週間ほどが過ぎて冬が本気を出しはじめた。ラジオから流れる天気予報を聞きながら厚着をしてこたつに入り、大学に提出しなくてはならないレポートを書く。風が窓をふるわせて隙間《すきま》から冷気が入る。呼び鈴が鳴らされたので返事をして扉を開けると、湯川さんが立っていた。

「管理人さん、今、おいそがしいですか?」

「どうかしました?」

「ちょっとご相談があるんですけど。さっき、テレビをゴミ捨て場でひろったんです」

「テレビを?」

「私、テレビって、あんまり、触れる機会がなくて。うれしくなって持って帰ってきたんですけど、映らなくて……。こわれてるんでしょうか……」

「そうかもしれませんね、捨てられていたってことは。ちなみに、コンセントに電源プラグはささってますよね」

「もちろんですよ！」

湯川さんは心外そうな顔をする。

「じゃあ、アンテナ線は？」

「え？」

「アンテナ線はつなぎましたか？」

「ちょっと管理人さんが何をおっしゃっているのかわかりませんね」

「じゃあ、見てみましょう」

「おねがいします！」

俺は湯川さんの住む２０１号室へ行ってみることにした。鉄階段をあがってすぐの場所に玄関扉がある。まねかれて部屋に足をふみいれるが、まだ室内は、ほとんど何もない状態だ。ひとり分の食器と鍋《なべ》と包丁とまな板が流しのそばに置いてある。布団《ふとん》は押し入れに収納されているらしく四畳半が広々として見えた。

壁際に小型の液晶テレビが置かれている。ゴミ捨て場からひろってきたにしては、まだ真新しい。電源は入るようだが画面は映らない。裏側を確認すると、予想した通り、アンテナ線がつながれていない。俺は一度、自分の部屋にもどり、あまっていたケーブルを持ってきた。

「これでよし。これてなければ、映るはずです」

配線をすませて電源を入れる。液晶画面に映像があらわれた。洗剤のCMだった。湯川さんがうれしそうに声を出した。

「テレビだ！」

昭和か、とおもいながら俺はチャンネルを切り替える。リモコンもいっしょにひろってくれていたので、操作するのに不都合はない。湯川さんは正座をして真剣な顔で俺のリモコン操作を見ている。

「家にテレビくらいなかったんですか」

「ありましたよ。でも、自分のものというのは、はじめてなんです」

湯川さんはお礼にと、インスタントコーヒーをいれてくれた。砂糖とミルクはどうするかと聞かれたので、ブラックのままで良いとつたえる。コーヒーの入ったマグカップが俺の前にさしだされるまで一分もかからなかった。口をつけると、熱々のコーヒーで火傷《やけど》しそうになる。それにしても奇妙なものだ。この部屋にはヤカンもなければ、電気ケトルもない。唯一の鍋は使用された形跡もない。コーヒーをつくるためのお湯は、いったいどこから出てきたのだろうか。一応、給湯器をつかって蛇口《じゃぐち》からお湯を出すことができる。それをマグカップにそそいだのかもしれない。しかし給湯器がうごけば音がするはずだし、お湯が出始めるまですこし時間がかかるのに。まあいいか。コーヒーを飲みながら俺たちは世間話をした。

「この部屋、あたたかいですね。暖房器具がないのに」

「そうですね。二階だから、あたたかいのかも」

「消火器が置いてありますね。買ってくださったんですね」

「はい。火事はおそろしいですから」

がらんとした四畳半の部屋に赤色の消火器はよく目立っていた。設置は義務ではない。テレビ画面にはニュース番組が映し出されている。ロシアから流れついた漁船から、大量の銃器が見つかったらしい。俺の住んでいる町は日本の北部にあり、ロシアという国が比較的、ちかくにある。港をつかってロシアンマフィアが日本の暴力団と連携して銃の密輸をしているのは有名な話だ。

ニュースをながめていたら女性の悲鳴が外から聞こえてきた。どたばたと騒々しい音もする。何事かとおもい部屋から顔を出すと、２０３号室の扉が開けはなされていた。そこに住む秋山さんが裸足《はだし》のまま通路に立っている。秋山家は母娘の二人で住んでいるのだが、その場にいたのは母親の美代子《みよこ》さんの方だ。

「どうされました？」

「ああ、管理人さん」

泣きそうな顔で俺を見て、それから首をかしげる。

「どうしてその部屋に？　引っ越してきた子と、できてるんですか？」

「ちがいますよ。それより、どうしたんですか？」

室内を指さして彼女は言った。

「出ました」

「何がです？　まさか、Gですか？」

緊張の面《おも》もちで彼女はうなずく。Gとは黒色で触角の生えたおそろしい生命体のことである。その名前を口にすることさえはばかられるため、ローマ字にした際の頭文字のアルファベットで言い表すことになっていた。湯川さんが俺の後ろからおなじように通路へ顔を出す。秋山さんに会釈して彼女は聞いた。

「Gってなんです？」

「湯川さんは部屋にもどって」

俺は靴《くつ》をひっかけて鉄製の二階通路を移動し203号室をのぞきこむ。流し台の周辺を確認したがGの姿はない。どこかにひそんでいるようだ。秋山さんが俺の腕にしがみついて涙目で言った。

「……管理人さん、なんとかしてもらえます？」

「まかせてください！」

彼女は、こう言ってはなんだが、めっちゃ美人なのである。

「あの、Gって何なんですか、管理人さん」

湯川さんがのんきな声を発しながら２０３号室の前にやってくる。俺の背後から室内をのぞきこんだ。入れ替わるように秋山さんは下がった。

「殺虫剤はありますか？」

鉄階段のそばまで逃げていった秋山さんに聞いてみる。彼女は首を横にふった。

「武器がひつようです。ここにある古雑誌をつかってもいいですか？」

玄関の内側に古雑誌が紐《ひも》でくくられて置いてあった。「どうぞ」と許可をもらったので、大きめの女性誌を引き抜いて丸める。深呼吸して突入作戦を決行した。２０３号室に足を踏み入れる。ちいさな土間で靴を脱いで部屋にあがった。四畳半の中心にちゃぶ台があり、むきかけの蜜柑《みかん》が置かれている。女の子用の衣類がたたんで置いてあった。娘の香澄ちゃんのものだろう。

「この部屋に、何が出るんです？」

湯川さんは土間で首をかしげている。事情がよくわかっていない様子だ。

「Gというのはですね、つまり、その、人類の敵のことですよ」

「壮大ですね。人類の敵がどうして六花荘に？」

「昔、この地方には出なかったと聞いています。奴らは冬を乗り越えられなかったんです。でも、近代化によって冬でもあたたかい場所がふえた。そしてついにここ六花荘にも……」

丸めた雑誌をかまえて、視線をさまよわせる。そいつの姿をさがしたけれど見つからない。湯川さんはまだGが何のことか気付かないようだ。しかたなく俺は、その生命体の名称を口にする。

「ゴキブリのことです」

「え……、ゴ……」

世間知らずの湯川さんも、その生命体の存在はしっていたようだ。ショックを受けて口ごもっている。彼女もそいつが苦手なのだろう。顔色でわかる。俺はそのとき、ついに黒色のうごめく点を発見した。

そいつは壁にはりついていた。土間に突っ立っている湯川さんのすぐそばの壁だ。かさかさと触角をうごかしながら移動している。照り輝く黒色のおぞましい生命体である。息をのむ俺の表情に気付いて、湯川さんがそいつの方をふりかえった。彼女の顔とGまでの距離は三十センチほどしかなかった。彼女にしてみれば鼻先にまで接近しているように見えただろう。

次の瞬間、異様な光景がひろがった。まず最初に湯川さんが短い悲鳴をあげる。直後、ぽふん、と音をたてて、Gの黒色の羽のあわさっている箇所から光と煙がふきあがった。壁にはりついているGの体内から赤色の炎が生じ燃え上がる。火球となって一瞬のうちに羽や触角を灰にした。足の数本が落下するも畳にたどり着く前に燃焼反応を経てかすかな粉となる。炎はどこにも引火しなかった。燃え広がる前にGが灰と化したからだ。俺は言葉を発せずに立ちすくむ。一秒程度の出来事だった。

Gの恐怖で座り込んでしまった湯川さんが、はっとした様子で俺を見あげる。様子をうかがうような秋山さんの声が外から聞こえてきた。

「だいじょうぶですかー？　あいつ、いましたー？」

2

日本という国の領土において、俺の住んでいる地域は北方に位置する。

「遊ぶとこねえよな、この町」

などと都会からやってきた子は言う。ボウリング場やカラオケのある繁華街までは、大学から車で三十分以上もかかった。どこへ行くにも車がひつような土地であり、個人で車を所有している学生は人気者だ。講義の後にみんなと乗り合わせて遊びに出かけている。俺も車がほしかったけれど六花荘には駐車場がないし購入する資金もない。バスで通学できる範囲内に大学があったのは幸いである。

大学を出発してバスに乗ると、さびれた郊外の風景が車窓から見えた。枯れ草の荒れ地に雪が降っている。バスを降りたところに個人経営の居酒屋があった。赤色のちょうちんがぶらさがっている。のれんをかきわけて出てきたおじいさんに呼び止められた。

「やあ、管理人さんじゃないか」

202号室に住む柳瀬《やなせ》さんだ。千鳥足《ちどりあし》で俺にちかづいてくるが、途中でよろめいてすわりこむ。

「たすけて、管理人さん」

数年のつきあいだが、彼がしらふであるところを、まだ見たことがない。彼を立たせて六花荘まで連れ帰ることにした。肩をかしてあるきながら柳瀬さんは言った。

「毎年ね、冬になるとね、おもうんだよ。僕ね、今度の冬でね、死ぬかもしれない。道ばたでね、うっかり眠っちゃってね、凍死するんだ」

ほとんどの歯が抜け落ちているせいか、柳瀬さんの声は、ふにゃふにゃとしている。六花荘までたどりついて鉄階段をあがる。202号室に連れていくと柳瀬さんはおぼつかない手で扉をあけた。

「ちょっと僕の部屋で飲んでかない？　ね、いいでしょ？　僕、ちっとも、飲み足りないんだ」

赤ら顔で柳瀬さんは、ひっく、としゃっくりをする。俺はあきれた。

「飲み足りない？　充分でしょう？」

しかし柳瀬さんは俺の手をつかんで部屋にひっぱりこむ。たぶん、ひとりでいるのがさみしいのだ。柳瀬さんはわかいころ、酒を飲まなかったという。しかし奥さんとお子さんを交通事故で一度に失って以来、酒浸《びた》りの日々だという。

２０２号室で彼の酒盛りにつきあうのは、はじめてではなかった。四畳半は酒の空き容器であふれている。

「さあ、座って。せまい部屋でごめんね」

「せまい部屋でわるかったですね」

なんとか座れる場所を確保して柳瀬さんとむかいあわせになる。俺はすすめられるままに紙パックの日本酒を飲んだ。しばらくすると心地よく酔いがまわる。柳瀬さんは、ぼろぼろのオーブントースターで、エノキのホイル焼きを作ってくれる。彼は外見こそみすぼらしいが、高い教養の持ち主だった。大学生のうちに読んでおくべき本や観ておくべき映画などを彼から教わる。ろれつのまわらない柳瀬さんとの雑談中、酒の話になった。

「僕、スピリタスを手に入れたんだ」

「スピリタス？　なんですか、それ？」

「この世で一番、アルコール度数の高いお酒だよ」

にこにこしながら外国語のラベルの酒瓶をとりだす。透明な液体が入っていた。どうやらそれがスピリタスと呼ばれる酒らしい。受け取ってラベルに記されたアルコール度数を確認しておどろく。

「九十六度⁉ これ、飲めるんですか？」

「ポーランドのウォッカなんだけどね、消毒液として家に置いてあったりもするんだって。なめてみるとね、喉《のど》が焼けるような味だよ。飲んでみない？」

俺は首を横にふって瓶を返す。柳瀬さんは蓋《ふた》をあけて、ほんのすこしだけ、コップにそそいだ。

「こいつで害虫駆除もできるんだってさ。ゴキブリにかけたら、死んじゃうんだって」

ふと湯川さんのことをおもいだした。

「おかしなことを聞きますけど、柳瀬さん、何もないところから炎が出る、なんてこと、ありますか？」

俺は質問する。黒光りのする生命体が、体内から生じた炎により、一瞬のうちに灰と化した様をおもいだしていた。柳瀬さんはスピリタスをなめるように摂取している。

「放火の心配でもしてるのかい？」

「超常現象の話です。生物の体が、突然、燃え出すことって、あるんですか？」

「そういう現象はね、昔から、いくつも報告されてるよ」

「え、そうなんですか？」

「人体発火現象ってのがあってね」

「人体発火現象？」

「希《まれ》にそういう焼死体が発見されるんだ。部屋の中でね、人が黒焦げになって死んでるわけ。だけど部屋には火の気もなくて、死体の周囲だけが燃えている。状況的にね、人間の体が自然に発火したとしかかんがえられない。そういう事件がね、実際にあるんだよね」

1951年7月1日、アメリカ・フロリダ州のセントピーターズバーグのマンションでそれはおこった。被害者のメアリー・リーサーの息子、リチャード・リーサーが母親のマンションを訪ねると、母親はスリッパを履《は》いたままの足などをのこして、その他の部分は黒焦げになっていたのである。

1988年1月8日、イギリス南部のサウサンプトンで、被害者アルフレッド・アシュトンは、下半身のみをくっきりとのこして焼け死んでいた。周辺には火気らしきものはなく、室内は高温だったという。

それらの事例を柳瀬さんからおそわる。酔いのせいで俺は平衡《へいこう》感覚をうしないつつあった。部屋の壁がゆらりと波打つように見えてくる。

「焼死体と言えば、この前ね、おもしろい話を聞いたんだ」

柳瀬さんはさらに、飲み屋で耳にしたことをおしえてくれた。記者をしている彼の飲み仲間が、声をひそめて言っていたことらしい。昨年、奇妙な焼死体が発見されたというのだ。

「港の倉庫にちらばっていたんだってさ、足がいくつもね。数人分の足だよ。膝《ひざ》から下だけがころがっていたんだ。革靴を履いたままの足さ。膝から上はどこにあったかというと、倉庫の床で黒い染《し》みになっていたんだってさ。焼けて炭化したものがこびりついていたのさ。奇妙なもんだよね。膝から下はきれいにのこってるのに、膝から上は原形がないくらいに燃えてるなんて」

倉庫を管理していた会社は暴力団とつながりがあり、死体の身元はその関係者とみなされているようだ。

「ガソリンをまいたような跡もなかったらしいよ。そういうの、においでわかるらしいんだ」

「でも、その事件、報道されてませんよね？」

「管理人さん、なんでもかんでも、ニュースで報道されるわけじゃないんだよ？」

「そんなもんですかね」

どこまでが事実なのか俺にはよくわからない。酔っ払いの戯言《ざれごと》として話半分に受け取っておこうか。すくなくともその時点では、焼死体と湯川さんのことを結びつけてかんがえはしなかった。

「パイロキネシスと言うんです」

何もない場所に火を生じさせる超能力者のことをそのように呼ぶらしい。

２０３号室でＧ騒動が起きた直後のことだった。湯川さんの部屋にもどり、俺はその話を聞かされた。アンテナ線をつないだばかりのテレビは沈黙している。彼女のいれてくれたコーヒーもさめていた。俺は湯川さんに問いかける。

「つまり、その、湯川さんは超能力者ってこと？」

「そういう言い方もできます。私の祖母がロシア人なのですが、米ソの冷戦時代、変な実験に参加していたみたいなんです。超能力の実験です。ソ連って大まじめにそういうのを研究していたそうなんですよ。投薬の実験台になったそうです」

当時の実験結果は不明であるが、その影響が孫である自分に現れたのだろうと彼女はかんがえていた。話しながら湯川さんは、俺が両手でにぎりしめているマグカップに視線をむける。じんわりとマグカップがあたたかくなってきた。さめていたコーヒーから湯気が立ち上りはじめる。ひとくち飲むと、いれたてのように熱をもっていた。

「東さんのお風呂、水がお湯になってたのは、湯川さんがやったんですね？」

彼女の能力は、炎をあやつるというよりも、熱をおもい通りの場所に発生させられるという言い方の方がちかいのかもしれない。彼女が熱を発生させ、そこにあった可燃物が酸素と燃焼反応を起こした結果、炎が生じるというわけだ。

　しかも彼女はリスクなしにその能力を使い放題だという。どれだけお湯をあたためても、体がつかれることもない。息をするくらいかんたんに、熱を発生させることができるという。彼女がいれば燃料や環境破壊を気にすることなく発電所のタービンを回し続けることが可能だろう。

「こわいのは、無意識の発火です」

「無意識の発火？」

「寝ぼけて、つい、やっちゃうことがあるんです。ほかにも、くしゃみとか、しゃっくりとか……」

　畳についたちいさな焦げ跡を彼女は見つめる。

「空気が乾燥すると静電気がおこりますよね。車に乗るときとか。あんな感じで、ぱちん、と出ちゃうんですよ、くしゃみで」

　蟻のようにちいさな畳の焦げ跡は、ひとつではなかった。彼女が住みはじめて以来、いくつも畳の表面にふえている。これは敷金《しききん》から引いておかなくてはならないだろう。いや、そんな問題ではない。

「火事になったら、どうするんですか！」

「くしゃみやしゃっくりで、ぱちん、とやってしまうときの熱量は微々《びび》たるものです。可燃物に引火することなく一瞬で消え去ってくれます。それが火災に発展する可能性はかぎりなくゼロにちかいです」

俺から退居を命じられるのをおそれていたのだろう。湯川さんは自分の能力の安全性を熱心に説明する。しかしそう言われても、俺の不安はぬぐえない。この六花荘が火災になったら、住人に死者が出るおそれだってある。彼女の能力は六花荘という木造アパートにとってあまりに脅威だ。すぐさま追い出したい気持ちもある。しかし湯川さんという人のことを俺は嫌いではなかった。退居のおねがいをすべきかどうか、判断を保留にしたまま日々が過ぎていった。

「管理人さん、あんた、湯川さんに気があるんじゃないの？」

ある日、１０２号室の立花さんが俺の部屋をたずねてきたとき、そんなことを言った。

「だって、あの子が通ったら、かならずふりかえって見ているでしょう。はずかしがらなくてもいいよ」

俺は否定したけれど、湯川さんの姿を目で追いかけてしまうのは事実だった。俺は彼女のことを観察した。その能力が六花荘に害をなすものかどうかを判断するためだ。

注意深く彼女を見ていると、頻繁《ひんぱん》にパイロキネシスの能力を発動させていることに気付く。たとえば道に煙草の吸い殻が落ちているときなど、彼女がちらっと視線をむけるだけで、その存在が、かすかな灰となって風にふかれて飛んでいった。

早朝、車のドアが凍り付いて開かずに困っている人がいた。どんなに運転席のドアを力一杯にひっぱってもびくともしない。湯川さんはそこにちかづいて、手のひらでドアと車体の境目《さかいめ》をさっとなでてやった。車の持ち主は、突然にあらわれた湯川さんにおどろいている。彼女が会釈して立ち去り、あらためて運転席のドアをひっぱってみると、今度はいともたやすく開くようになっていた。

軒先につららのぶら下がっている民家がある。小学生の通学路に面していたものだから、子どもたちがつららの下を通るときなど、落ちて刺さったらどうしようかとひやひやさせられた。湯川さんがその道を通りながら軒先に視線をむける。するとつららは、じゅうううう、と音を発しながら水滴をたらし、湯気を発生させ、急速に短くなり、ついには消滅したのである。

実際に俺も彼女の能力の恩恵をうけた。その時期、大粒の雪がひっきりなしに空から降り注《そそ》いでいた。あっという間に道路や木の枝や路駐された車に雪がかぶさって町は白くなる。家々の屋根に、まるでテンピュールのマットレスでも載せたみたいに、分厚い雪の層が完成した。六花荘も例外ではない。雪の重みでつぶれる前に、俺は雪下ろしをしなくてはならなかった。はしごで屋根にあがり、積もった雪を地面におとすのだ。

折りたたみ式のはしごをひっぱりだし、いざ屋根にのぼろうと準備をしていたときだった。湯川さんがやってきて鉄階段の上から顔を出した。彼女は朱色のはんてんを羽織《はお》っている。ロシアの血がまじった端整な顔立ちと、はんてんの組みあわせは、すこし奇妙ではあった。白い息を吐きながら彼女は路地を見下ろす。

「真っ白ですね。こういうとき、かならずやるあそびがあるんですよ」

彼女は六花荘前の路面にむかって人差し指をむける。路面は雪で白かったのだが、彼女が指をすーっとうごかすのと同時に、湯気を立ち上らせながら雪面に線が引かれる。彼女の指のうごきにあわせて雪は蒸発し、最終的には巨大な星マークが完成した。

「ところで管理人さん、なにしてるんですか？」

「雪下ろしするんです」

「手伝いましょうか？」

俺と湯川さんは六花荘の外壁にたてかけたはしごをつかって屋根に上がる。彼女が手のひらをかざし、なでるようにうごかすと、あたたかい風がふいた。積もっていた雪の表層部分が、削《けず》られるように湯気となって消滅していく。

彼女は六花荘の屋根を燃やさないよう慎重に雪を解かしていった。その様はまるで、傷つけずに恐竜の骨を発掘するために、やわらかなブラシで土をよけている人の手つきをおもわせる。ほどなくして屋根に載っていた雪は消え去った。礼を言うと湯川さんは恐縮して首を横にふる。

「お礼を言うのはこちらです。こんな風に私の力がお役に立てるなんて」

彼女の熱のコントロールは抜群だった。強火から弱火まで自由自在である。ガス代がもったいないからと、料理をするときもガスコンロは使用しないらしい。彼女が視線をむけて念じるだけでフライパンは熱せられ野菜炒めをつくることができた。そんな彼女の苦手な料理は煮物だという。熱を長時間、維持しつづけるために、鍋をじっと見ていなくてはならないという。うっかりねむってしまうと、野菜は生煮えで硬いままなのだ。

彼女は六花荘の他の住人とも親交をふかめていた。近所の公園を通りかかると、２０３号室に住む秋山さん母娘と湯川さんが三人で雪合戦をしていた。めっちゃ美人な秋山美代子さんが、俺を見つけて参加をうながしたので、これはもう、はりきるしかなかった。美代子さんと俺がチームを組み、湯川さんと小学生の秋山香澄ちゃんがチームを組んだ。俺たちは雪の玉を投げ合い、笑い声と悲鳴が入り乱れた。しかし途中から、俺の放つ雪玉が、相手になぜかあたらなくなった。よく見ると俺の放つ雪玉だけ、空中で湯気となって消滅しているではないか。

「湯川さん！　ずるい！」

俺が指摘すると、いたずらのばれた顔で湯川さんがわらった。だけど秋山さん母娘は、ぴんときていない様子である。彼女は俺以外の人間にパイロキネシスのことをおしえていないのだ。

湯川さんが仕事をしている様子はなく、貯金を切り崩しながら生活しているようだった。しかしその日々にも飽きたのだろうか。彼女は職をさがしはじめ、数日で適職を見つけた。彼女が選んだ職場は近所の銭湯だった。老夫婦が経営している銭湯で、古くからあるのだが、最近はボイラーの調子がわるく、ぬるま湯のときがあった。しかし湯川さんがそこではたらきだしてからというもの、湯船の温度は高い状態で安定しているという。おそらくはボイラー技士のおかげではない。いつしか彼女は、銭湯に通う近隣のおじさんたちにとって、ちょっとした人気者となっていた。

「あの子が六花荘に来てからというもの、不思議と、あったかくなったとおもわない？」

２０２号室の柳瀬さんに部屋へ連れ込まれて酒を飲んでいるとき、そんなことを言われた。

「いつも冬はもっと冷えこんでいた気がするんだけどなあ」

おそらく湯川さんは熱をあやつって部屋をあたためている。柳瀬さんは彼女の部屋のおとなりだ。もしかしたら、彼女の熱の恩恵をうけているのかもしれない。

「湯川さんが来てくれてよかったねえ、管理人さん」

俺は複雑な気持ちでうなずいた。彼女には退居してもらうべきではないのか、というかんがえが日を追うごとにうすれている。すでにそのころには、何度も除雪を手伝ってもらっていた。俺は重労働から解放され、その時間を大学の勉強に割くことができる。湯川さんに感謝しなくてはいけない。

などとおもいながらも、やはり一抹《いちまつ》の不安はぬぐえない。いつか彼女が無意識に、ぱちん、とやってしまって大変な事態に六花荘を陥《おちい》らせてしまうのではないか。そのような不安があった。だけど事態は俺の想像をはるかに超えていく。

結果的には火災は起きなかった。だけどそれ以前の段階で彼女はやはり六花荘に住まわせてはならない存在だったのだ。これは倫理的な問題である。彼女は銭湯ではたらきはじめたけれど、その前にどんな仕事をしていたのか、だれもしらなかった。もしもそれをしったら、人々は彼女のことを受け入れただろうか。湯川さんの以前の職について俺におしえてくれたのは、左腕のない青年だった。

俺には実家というものがない。ろくでもない屑《くず》の両親は行方不明の状態だったし、ちいさいころに住んでいた家は追い出されていた。帰るところもないので、年末年始は六花荘で過ごすことになる。スーパーで蜜柑を買って、こたつで紅白歌合戦をながめた。年明けに秋山さん母娘と湯川さんと俺の四人で鍋をした。場所は203号室だ。カセットコンロに土鍋をのせて、白菜や豆腐をぐつぐつと煮た。しかし、締めの雑炊《ぞうすい》までたどりつく前にガスボンベの中身がゼロになってしまい火が消えてしまう。ガスの予備もないらしく、鍋の続行が危ぶまれた。

「あ、だいじょうぶです。鍋にのこってる熱で、なんとかできそうですよ」

湯川さんが言った。火が消えたあとも、なぜか鍋のスープは煮えたぎっている。ご飯を投入して雑炊をつくり終えるまでの間、土鍋はその熱を保っていた。どうして冷えないのだろうかと秋山さん母娘は首をかしげている。

「さすが土鍋は保温性がちがうな」

などと俺が言うと湯川さんがうなずいていた。

「そうですね、管理人さん」

正月が過ぎて世間は平常運転となる。俺は大学の勉強にいそしんだ。クラスメイトたちは冬休みの間に、スキーやスノーボードでたのしんだらしい。あるいは恋人と温泉旅行などに行ってきたようだ。休み明けの講義室では、それらのおもいで話が盛んに語られる。俺は特に仲間たちの注目をあびるようなエピソードを持っていなかったので、もっぱら聞き役となった。

大学の帰り道、大通りに面したコンビニエンスストアに立ち寄った。店を出るとき、出入り口につながれた犬と、それをながめている青年に気付く。青年は相好《そうごう》をくずして犬をながめていたが、どうやら飼い主というわけではないらしい。右手で犬の頭をなでようとすると、うなり声をあげられ、怖々と遠ざかっていた。青年は黒色のコートを羽織っていたが、左腕を袖《そで》に通しておらず、肩にひっかけただけである。袖がぺったりとつぶれた状態で垂《た》れ下がっていた。青年には左腕がないのだ。

彼の横を通りすぎるとき目があった。

「あ、り、六花荘の、方、ですよね？」

青年が話しかけてくる。吃音《きつおん》のまじったしゃべり方だ。年齢はおそらく二十代で、俺とおなじか、すこし上くらいだろう。身長は高く病的なほどやせている。まばたきの回数が異様におおいのが気になった。ときおり、ぎゅっと強めに目をつむっている。チック症の症状のひとつだ。チック症の大半は子どもの時期にかかり、そして治るものだが、成人を過ぎても症状が続く人もいる。

「あの建物に、お、お、お住まいなんですよね？」

「はい、管理人をやってます」

「い、今から、お帰りですか。ば、バスで」

俺はうなずいてバス停のある方角をふりかえる。ちょうど走り去るバスの後ろ姿が見えた。行ったばかりのようだ。

「六花荘のことで、お、お聞きしたいことが、あるんです。お時間、よ、よろしいでしょうか」

「いいですよ。バス停にならんでお話をするのでもいいですか？」

青年はほっとした様子でうなずいた。目をはげしくまばたかせて、ぎゅっと顔をしかめるように目をつむる。ちかくにいると、彼の体からは消毒液のようなにおいがただよってきた。コートはくたびれており、ズボンの裾《すそ》や靴などは泥まみれだ。いったい何者だろう。

行ったばかりなのでバス停に人はいない。道路に沿って俺たちは横にならんだ。彼のコートの左袖が、俺の右手のそばでゆれている。

「僕は、溝呂木《みぞろぎ》という者です。ゆ、湯川さん、という女性について、お聞きしたくて」

「湯川さんのおしりあいですか？」

俺は溝呂木青年をふりかえる。彼は体をゆらしていた。落ちつきのない印象を受ける。

「その人のこと、すこし、しらべていまして……」

「しらべてる？」

「ゆ、湯川さんのまわりで、変わったこと、ありませんか？　お、おかしな現象、お、おきてませんか？」

彼は俺と目を合わそうとしない。大通りを行き交《か》う車や、建物や、電線へと視線をさまよわせている。彼の質問におもいあたることがあった。しかしパイロキネシスのことを勝手に話してしまっていいものだろうか。彼女に迷惑をかけてしまうのではないか。俺は首を横にふる。

「いえ、特に」

「た、たとえば、はっ、発火現象など、み、見ませんでしたか？」

「なんですか、それは」

「あなた、し、しっている。そういう、に、においが、するんだ」

体をゆらしながら青年は鼻をひくひくとうごかしている。

「お、おしえて、く、ください。しゃ、謝礼は、します」

「謝礼ですか……」

「情報を、い、いただけたら、お、お、お金を」

青年はせわしなく右手をうごかしながら説明する。吃音のせいでうまく言葉がでないとき、身振りで説明しようとして、無意識に手がうごくのかもしれない。

いよいよわけがわからない。この青年はどうやら、湯川さんがパイロキネシスであるという確信を抱いているようだ。それでいて、お金を支払ってまで彼女の情報を得ようとしている。何者だろう？

「湯川さんに直接、聞いてみたらどうです」

謝礼という言葉の響きは魅力的だったが、やはり彼女に許可を得ないまま話すのはやめておいたほうがいい。

「あの人には、ふ、不用意に、ち、ちかづかないことに、しているんです」

「なぜです？」

「あの、昨年、ちょっと、トラブルが……」

溝呂木青年は口ごもり、声がちいさくなる。いつのまにかバス停に列ができていた。すでに十人以上もならんでいる。

そのとき、俺とバス停の間にするりと何者かが入りこんだ。薄茶色の背広を着た中年男性だ。はじめのうちはバスの時刻表を見ているだけかとおもったが、いつまでもその場をうごかない。最初からそこにいましたという顔つきで、列の先頭に陣取っている。割り込みをされたようだ。

列にならんでいる他の人々も、中年男性のルール違反に気付いたらしい。反感の視線が彼へと注がれる。しかし、だれも口に出して彼を注意しなかった。むしろ、そいつの割り込みをゆるしてしまった俺が、率先して文句を言うべきじゃないのかという雰囲気さえ感じる。俺はしかたなく、俺とバス停の間に入ってきた中年男性に注意しようとした。しかしその前に溝呂木青年が言った。

「あのう、わ、わりこみは、やめていただけませんか？」

吃音まじりではあったが、はっきりと聞こえたはずだ。しかし、中年男性は聞こえないふりをしているらしく、携帯電話を取りだしていじりはじめる。

「み、みなさん、な、ならんで、ま、待っていらっしゃるわけですし」

青年は目をはげしくまばたかせ、体をゆらし、せわしなく右手をうごかして説明する。中年男性は聞こえないふりをつづけた。だれよりも先にバスへ乗りこんで、空席に座りたいのだろう。

「だって、ず、ずるいじゃないですか……」

溝呂木青年の言葉に、中年男性はようやく反応を見せる。携帯電話をいじりながら舌打ちをしたのである。列にならんでいる他の人たちはなりゆきを無言で見守っている。全員がなんとなく溝呂木青年を応援しているような空気感があった。

しかし中年男性がしりぞく前にバスがやってきてしまう。大型の車体がスピードをゆるめてバス停に接近し、真っ白な排ガスを出しながら、ぶるんと車体をふるわせて停車した。プシューと音をたててドアが開く。座席は半分ほどが埋まっていた。割り込んできた中年男性は、俺たちの方をちらりとも見ずに乗りこもうとする。しかしそいつの靴がバスの床面を踏む前に、溝呂木青年の右手がのびた。

チック症特有のまばたきをやめている。そいつの薄茶色の背広の襟首《えりくび》をつかんでひっぱると、よろめいたところを、膝蹴りしながら彼は言った。

「だれが乗っていいと言った？」

不思議と吃音は出ていない。体をおりまげてうめいている中年男性の顔に、今度は溝呂木青年の右肘《ひじ》が入った。あまりに唐突な暴力に、その場にいた全員はうごくことさえできない。青年の体のゆれはおさまり、流れるような動作で中年男性の頭をつかむと、バスの出入り口の縁へ何度も顔をたたきつけて、吐き捨てるように言った。

「足ふきマットになればいい」

　中年男性はバスの出入り口そばの地面で四《よ》つん這《ば》いの姿勢となる。鼻血が滴《したた》り、さらに口からもどろりと血が流れおちた。そのなかに粒のようなものがまじっている。折れた歯だ。そいつの背中に足を乗せると、溝呂木青年は靴裏のよごれを拭《ぬぐ》うようにぐりぐりとうごかした。中年男性は力つきたように腹ばいの状態になる。青年は俺をふりかえって息を吐き出す。バスへ誘《いざな》うように右手を差し出した。表情がやわらかくなり吃音がもどる。

「さ、さあ、ど、どうぞ、六花荘の管理人さん。ぼ、僕も、乗っていいですか？　も、もうすこし、お聞きしたいことが、あ、ありますので」

　俺はその時点ですっかりこの男に恐怖していたので、従うことしかできなかった。腹ばいになっている中年男性をまたいでバスに乗りこむと、車内の乗客や運転士が座席から腰を浮かせて顔をひきつらせながら青年を見ていた。最後尾の座席が空いていたので、そこへ腰かける。溝呂木青年は俺のすぐとなりに座った。彼の手やコートには、中年男性から飛び散った血がついていたけれど気にしていないようだ。さきほどの中年男性はまだ意識があったらしく、列の後方にいた親切そうな人に起こされていた。結局、彼はバスに乗らず、どこかへよろよろとあるきさった。

　扉が閉まりバスが発車した。車内は葬式のようにしずかだ。そして緊張をはらんでいる。溝呂木青年が小声で俺に話しかけてきた。

「ところで、ゆ、湯川さんのことですけど」

逃げ出したかった。暴力的な出来事の直後なのに「ところで」などという一言で話題を切り替えようとしたこの男の精神がおそろしかったのだ。

「ゆ、湯川さんの、ち、力のこと、ご、ご存じですよね？」

聞かれるままに、自分のしっていることを話す。Gの体内から炎が生じて一瞬のうちに灰と化したことや、雪面を解かして雪かきを手伝ってくれたことなどを説明する。一般的にはこんな話は荒唐無稽《こうとうむけい》とおもわれるだろう。しかし彼はうたがう素振りを見せない。むしろ聞きたかったことがようやく聞けたと言いたげな表情だった。

「雪玉を、け、消したんですか？　そ、そのときの、彼女と、雪玉の距離は、ど、どれくらいでした？　雪玉の、そ、速度は？」

湯川さんが能力を使った瞬間の彼女の立ち位置と、熱の発生した場所との距離関係を青年は気にしていた。ときおり目をぎゅっとつむって、かんがえこむような間《ま》をとる。

「遮蔽物《しゃへいぶつ》を、は、はさんで、彼女が、ね、熱を、は、発生させたことは？」

「遮蔽物？」

「か、壁をはさんで……。あるいは、そ、その方向を、み、見ずに熱を、つくりだしたことは？」

俺は首を横にふる。常に彼女は熱の発生場所を見ていた。東さんの浴槽の水をお湯にしたときも、たしか通路の小窓から浴室をのぞいていたはずだ。

「あ、ありがとうございました。おかげで、た、たすかりました」

溝呂木青年は満足そうにうなずくと、ポケットからしわくちゃの一万円札を数枚、ひとつかみ取り出して俺に握らせようとする。俺は首を横にふり、それを受け取らなかった。

雪が荒涼とした風景にちらついている。バスが交差点をまがるとき、遠心力のせいで、溝呂木青年の方に体がかたむいてしまう。俺の右肘が、彼の左腕のあるべき位置を通り越して、脇腹にちょんとふれる。

青年は左の肩をさすった。肩の周辺は袖の膨《ふく》らみがあり、肘のすこし上あたりから先がないらしい。溝呂木青年は言った。

「こ、この腕、湯川さんに、や、やられたんです。あの、ぼ、僕は、片腕だけですみましたけど。に、逃げるのがおくれていたら、こ、殺されていたでしょう」

3

すっかり日が暮れていた。運転士に定期を見せてバスを降りる。外の冷気で全身の汗が一気に冷えた。バスの窓から溝呂木青年が俺に会釈をする。彼を乗せてバスは発車した。白い排ガスを立ち込めさせ遠ざかっていく。外灯もすくなく、車の通りもなかったので、道には暗闇が充満していた。バスのテールランプはその奥へと消えていく。その様はまるで、悪魔を乗せた乗り物が闇の世界へと帰っていくような悪夢的幻想をかきたてる。

　個人経営の居酒屋の赤ちょうちんの前を通るとき、アルコールとヤニのにおいが鼻先にただよってくる。閑散とした道に、やせこけた野良犬がいて、うずくまっていた。いや、死にかけているのかもしれない。溝呂木青年の話を反芻《はんすう》しながら俺はあるいた。現実味のない話だったが、そもそもパイロキネシスというものが現実から逸脱しているし、軽々と暴力をふるってみせた溝呂木青年もまた俺から正常な世界観をうばっていく。一歩ずつ暗闇へ足を踏み出すごとに、血なまぐさい世界へと迷いこんでいくような錯覚をおこす。

　さびれた公園に外灯が点っている。ベンチに腰かけて俺はぐるぐるとかんがえつづけた。ブランコや滑《すべ》り台やジャングルジムの上に雪がうすくつもっている。寒さにふるえていると、声をかけられた。

「管理人さん。どうしたんですか、こんなところで」

マフラーを巻いた湯川さんが、スーパーの買い物袋をぶらさげて公園の入り口に立っていた。返答の言葉をおもいつけないでいると、彼女はベンチにちかづいてきた。毛糸の帽子から長い髪がたれさがっている。

「風邪《かぜ》、ひきますよ」

「あの、俺……」

湯川さんが眉間《みけん》にかすかなしわをよせた。俺の様子がおかしいことを感じ取ったようだ。外灯の光を浴びると、彼女の肌の白さはいっそう際立つ。

「湯川さん、ちょっと、お聞きしたいことがあって」

彼女はちらりと足下に視線をむけた。彼女が何をしたのかは、すこし後になって判明する。彼女は飴《あめ》をなめながらあるいていたらしく、口の中から、ころころと音がした。まずは雑談をした。銭湯での仕事の状況や、六花荘の住人の話などをする。そのうちに寒さがやわらいできた。公園にうすく積もりはじめていた雪も消え去っている。俺は身をかがめて地面にふれてみた。ほんのりとあたたかい。

「ところで、湯川さん」

「はい、なんでしょう」

「あなたをしってる人に会いました。その人は左腕がありませんでした」

「左腕が？」

湯川さんは首をかしげる。

「心当たり、ないんですか？」

「他に特徴は？」

「溝呂木と名乗りました」

「うーん……」

「吃音があって、まばたきの回数がおおくて……」

　飴の噛《か》み砕《くだ》かれる音がする。湯川さんは俺を見た。彼女の記憶にひっかかる情報があったようだ。

「ご存じなんですね？」

　彼女は、ゆっくりとしずかに目をつむった。それからため息をつくようにつぶやく。

「……あっけないもんですね」

「何がです？」

「そうですか、溝呂木という名前だったんですね、あの人。もう自分には無関係だとおもっていたのに」

　湯川さんは頰《ほお》をひきつらせていた。溝呂木青年に対して怒っているようにも感じられる。

「管理人さん、どこでそいつに？」

　体温が上昇して暑くなったのか、彼女はマフラーを外して買い物袋へつっこんだ。俺はさきほどの出来事を説明する。

「あれは何者だったんですか？」

「危険な人です。私の父を拉致《らち》して倉庫に監禁していたグループの生きのこりです」

　湯川さんはおしえてくれた。彼女の父親と言っても、どうやら血のつながりはないらしい。賃貸契約書を交わしたとき、保証人の欄に記名されていた人物だ。

「まずは私の生い立ちから説明させてください。私は赤ん坊のころ、児童養護施設へあずけられたんです。ほんとうのお父さんは名前もわかりません。母はロシア人のハーフで、私を施設にあずけたあとは行方不明になっています」

児童養護施設の人が彼女をあずかるときに、母親から手紙をもらっていたという。その手紙にパイロキネシスの記述や、祖母がソ連で投薬実験に参加していたことなども書かれていたそうだ。

「赤ん坊のころ、私が泣くと周囲で火花がちっていたそうです。施設の方が私をもてあましていたとき、引き取ってくれたのが父でした」

彼もまた施設育ちの男で、湯川さんを引き取ったのち、自分の娘のように育ててくれたという。湯川さんは不自由なく成長し、やがて彼の仕事の手伝いをすることになった。

「どんな仕事です？」

「父は裏の世界で仕事をしていました」

「ヤクザとか、暴力団とか、そう呼ばれる世界ですか？」

彼女はうなずいた。暴力団の勢力図に関して俺は疎《うと》い。湯川さんの説明によれば、この地方にはふたつの勢力があるという。ひとつは彼女が所属していた側であり、ロシアンマフィアとの違法な貿易によって成長した勢力だ。もう一方は薬物の精製と取引を財源とする勢力で、溝呂木青年はこちらの関係者だという。両者は諍《いさか》いがたえなかった。そしてついに昨年、彼女が父と呼んで慕《した》っていた男が拉致監禁されてしまったのだという。

「私はつい頭がかっとなり、倉庫にのりこんでしまったのです。父を連れ去った男たちの大半をすみやかに焼却しました」

俺はすこし前に202号室の柳瀬さんから聞いた話をおもいだす。数人分の足が港の倉庫にころがっており、膝から上は灰になっていたという。彼女が話しているのはその一件のことだろうか。

「父の周辺にいた男たちは死にました。だけどもう一人、倉庫の奥にいて、そいつが私を狙撃したんです」

「狙撃⁉」

「ライフルを所持していました。即座に反撃しましたが、逃がしたようです」

おそらくそれが溝呂木青年だったのだろう。彼は左腕をうしないながらも彼女から逃げ切ったのだ。

「そいつの情報を父から聞かされていました。吃音がひどくて、まばたきのおおい若い男だったって。両親が薬物中毒で、借金に困って売り飛ばされた子どもなんだそうです。仲間内の会話が聞こえてきて、父はそのことをしったそうです」

湯川さんの横顔をそっとのぞく。世間のことをしらない人だとおもっていたが、まさかそんな世界の住人だったとはおもわなかった。彼女はすこし晴れ晴れとした面持ちで言った。

「殺すのにためらいはありませんでした。私、なれてますから」

俺は言葉が出てこなかった。言わなくてはならないことがあるのに。

「その仕事をやめたつもりだったんです。父におねがいして、あたらしい名前と身分証も用意してもらいました。これからはふつうの人生をおくろうとおもっていたんです。だけど、ざんねん、もうおしまいのようですね」

湯川四季という名前も本名ではなかったようだ。ベンチから立ち上がった彼女の、冷たいまなざしにぞっとする。六花荘で老人の長話につきあったり、いっしょに雪合戦をしたりしたときのにこやかな彼女は消えていた。

「湯川さん、あの」

「わかってます。私、出て行きます、六花荘を」

それを聞いてまず最初に生じた感情は安堵《あんど》だ。退居のおねがいを言わなくてはとおもっていた。彼女をこのまま六花荘に住まわせておくのはまずい。暴力団の関係者であり、これまでに幾度も殺人を重ねてきた人なのだ。法律に照らし合わせるなら、彼女はあきらかに犯罪者なのだ。通報して警察を呼んだって俺を責める人はいないだろう。だけど俺は気付くとあやまっている。

「すみません、ごめんなさい」

彼女はすこしだけ口元をゆるめた。外灯の明かりをよぎった雪の粒が地面にたどり着くと同時に消え去る。湯川さんはスーパーの買い物袋をつかんだ。

「いいんですよ、管理人さん。いつかは追い出されるとおもってました。明日中にも退居したいとおもいます。車を借りてこなくちゃ」

「行くあてはありますか？」

「はい」

「お父さんのところですか？」

「いえ、とある湖のそばに、コテージがあるんです。別荘みたいなものですけど、ひとまずそこに身を隠します。あ、そうだ。管理人さん、私からもお話があるんです。いつか話さなきゃとおもっていたことなんですけど」

公園から六花荘までの帰り道をいっしょにあるきながら、彼女はその話をしてくれた。

翌日の午前中、湯川さんは職場の銭湯へ出向いた。経営者の老夫婦に離職しなくてはならないことをつたえるためだ。

「家庭の事情でこの地をはなれることになりました」

彼女が説明すると、老夫婦はとてもざんねんそうにしていたという。また、彼女は老夫婦から古い軽自動車を借りることができた。引っ越しが済んだら、かならず返却すると約束して、銭湯から六花荘まで運転してもどってきた。

彼女は運転免許証を所持しており、そこにも湯川四季という名前が記載されていた。公園で聞かされた話によればそれは偽名だというが、免許証はどこからどう見ても本物に見えた。湯川さんがふつうの暮らしをおくれるようにと、父親代わりの人物は、高い技術を持った者に偽造運転免許証を作らせたらしい。

湯川さんの突然の退居に、六花荘のほかの住人たちはおどろき、かなしんでいた。一部屋ずつ呼び鈴を鳴らして、彼女はおわかれの言葉を口にする。出発は昼過ぎになった。軽自動車をとめて、スーツケースと段ボール箱を積み込んでいると、住人たちが外に出てきてあつまってくる。それぞれにせんべつの品を持っていた。

「お姉ちゃん、これあげる」

２０３号室の秋山香澄ちゃんが折り紙でつくった鳩《はと》を彼女にプレゼントした。１０２号室の立花さんは煎餅《せんべい》の入った袋を、１０３号室の東さんはパチンコの景品でもらったという煙草を彼女にわたす。

「きみが吸う人かどうかわからないけど、あげられるもの、これしかなかったんだ」

「ありがとうございます。とてもうれしいです」

六花荘での暮らしは短いものだったが、湯川さんはすこしだけ泣きそうになりながらそれらをうけとる。血なまぐさい世界で生きていた彼女にとって、六花荘でのひとり暮らしはどのようなものだっただろう。

「これ、飲みかけの酒だけど、めずらしいものだから……」

202号室の柳瀬さんは今日も朝から酔っぱらっており、外国語のラベルの酒瓶を彼女にわたす。後部座席にせんべつの品々を置いて、湯川さんは運転席に乗りこんだ。

「俺、引っ越しを手伝ってきます」

あつまっていた住人たちに説明して、俺は助手席に乗りこみ、シートベルトを装着する。一晩かんがえた末、早朝に俺は201号室をたずねて、「いっしょに連れて行ってほしい」とおねがいしていたのである。彼女がこれから行くというキャンプ場に興味があった。そこへ行かなくてはならない理由を昨晩、聞かされていたのだ。寝起きの彼女は目をこすりながら「別にいいですけど」と同意してくれた。

出発の時刻になる。湯川さんがエンジンをかけて車を発進させると、六花荘の古い外観と住人たちの顔が後方へと遠ざかった。ミラーをちらりとながめて彼女はふたたび前をむく。

雪は降っていなかったが空は分厚い雲におおわれていた。ほそい路地を抜けて幅広の直線道路に出る。湯川さんの運転は安定していた。まばらにあった建物の姿も見えなくなり、道路の両側は自然一色になる。心が荒涼とするような枯れ草の広がる景色だ。

　これからむかうキャンプ場は六花荘から車で二時間の場所にあるという。冬の期間は閉ざされているそうだが、湯川さんはキャンプ場内のコテージを自由に利用することができた。そのキャンプ場を経営しているのが彼女の血のつながらない父親だったからだ。暴力団とおもわれる組織の関係者が、なぜキャンプ場を経営しているのだろう？　しかしそれにも理由があった。


「私、そこで仕事をしていたんです。コテージのひとつが、私の待機場所でした」

　昨日、六花荘までの帰り道をならんであるきながら彼女がおしえてくれた。

「父の部下が車で死体袋をはこんでくるんです。キャンプ場から奥まった位置にある森で、私がそれを焼却処分するんです。たくさんの人がその森で消えました。かすかにのこった灰を地面に埋めて、父の部下が線香をたててあげるんです。みんなで手をあわせて、仕事はおしまいです」

　どうやらそのキャンプ場は、レジャーのためだけに経営されているのではなさそうだ。見知らぬだれかの土地に葬《ほうむ》るよりは、自分の土地に葬ったほうが安心だという判断だろう。はこばれてくるのは、どこか別の場所で殺された者ばかりだったという。彼女は死体の身元を聞くことなく、命じられるままに火葬した。死体袋を開けて、中に詰めこまれた人物の顔を見ることさえほとんどなかったそうだ。

「一度だけ、袋を開けたことがあります。トラブルがあったんです。まだ私が十代のときでした。その日、父の部下の若い男の子の二人組が、車のトランクに死体袋を入れてキャンプ場にやってきたんです。死体袋はふたつありました。車はコテージ付近の駐車場まで来られますが、そこからさき、森の奥には人の手ではこばなくちゃならないんです」

男の子の二人組が、気味悪そうに死体袋をひとつずつ協力してはこんでいたという。まずひとつめを、いつもの火葬場まではこびおわり、もうひとつの頭と足をそれぞれ抱えて木々の間を移動していた。そのとき突然、死体袋のなかからうめき声らしきものが聞こえてきたという。

「私たち、すっかりおどろいちゃって……。男の子たちが手をはなして、死体袋は地面にころがりました」

いつもは年配の暴力団関係者がつきそいでいるのだが、その日はたまたま、若い三人しかいなかった。男の子の二人組は顔を青ざめさせ、立ちすくんでいたという。地面に横たわる死体袋はうごかなかった。しかし湯川さんが耳をちかづけると、内側から弱々しい声が聞こえてきたという。ひゅう、ひゅう、と息をするような音もあった。意を決して袋を開けてみる。中に詰めこまれていたのは、顔が変形するほどに殴られた女性だったという。

「組織とトラブルを起こした人だったのでしょう。何かしらの制裁を受けたような怪我《けが》でした。すでに目は見えていなかったとおもいます。うごかなくなった彼女を見て、死んだと判断され、死体袋に詰められていたというわけです。病院に連れていったとしても、たすからなかったでしょう。怪我の具合から、そのように見受けられました」

気付くと男の子の二人組はいなかった。逃げ出してしまったのだ。のこされた湯川さんは森でその人が死ぬのを待つことにしたという。

「私は立っていました。足下に横たわる死体袋に詰めこまれた女性をただ見下ろしていたんです。底冷えのする寒い日でした。女性の吐息は弱々しいものになって、そろそろ最後の瞬間だろうかとおもわれたとき、何かをくりかえし、つぶやいているのがわかったんです。彼女の口元に耳をちかづけて私はそれを聞きました」

その女性は名前をつぶやいていたという。

名前のあとに「ごめんね」という言葉もあった。

湯川さんがその名前を復唱すると、女性はやがて、息をしなくなったという。

「私はその人をいつもの場所までひきずっていき、焼きました。もうひとつの死体袋の中身は見ませんでしたが、そちらは完全に死んでいました。そのふたつの死体はどうやら夫婦のようでした。どのような経緯でそんな末路をたどったのかも調査済みです」

俺にはもう話の結論がわかっていた。湯川さんによればその夫婦はろくでもない二人組だったらしい。悪質な詐欺《さぎ》でだました相手がたまたま暴力団の関係者だったらしく、トラブルになった末に制裁を受けたとのことだ。その夫婦には子どもがひとりいて、女性が言いのこした名前はその子のものだったという。

「私、そういう世界から離れようとおもったとき、その子のことをおもいだしたんです。しらべてみたら、六花荘という古い木造アパートの管理人をしていることが判明しました。大学にも入りこんで、その子を遠くから見たこともあったんですよ」

正直なことを言えば、なぜ俺にこんな話をするのかと怒りさえわいた。だけど湯川さんが心配そうな目で俺を見ているので、彼女も打ち明けるべきかどうかをまよっていたのだなと理解する。彼女があんなボロアパートに引っ越してきたのには、そういう理由があったのだ。最期を看取ったことを、いつか俺に告げることが、彼女のひそかな目的となっていたのだろう。

六花荘にもどってひとりになり、ようやく割り切ることができた。俺を捨てて行方不明になっていた両親の末路をしることができてよかった。彼らは灰となったのだ。不明瞭だったものに輪郭《りんかく》があたえられたかのような気がした。彼らの不幸な終着点にあわれみとかなしみが入り混じって自分のなかに生じる。こたつに足をつっこんで、101号室の天井を見上げながら、俺はろくでもない両親との永遠の決別を実感する。そして、彼らの灰が埋まっている場所に俺も線香をあげにいこうとかんがえたのである。

軽自動車のエンジンが、ガリガリキュルキュルと奇妙な音を発しはじめた。途中でストップしてしまうことをおそれていたが、なんとか二時間を走り抜ける。目的地のキャンプ場の看板が大自然のなかに立っていた。前方に冬空を映した暗い湖がひろがる。

キャンプ場は湖のほとりに位置していた。冬季は営業していないため、入り口は鎖《くさり》でさえぎられている。湯川さんは車を降りて鎖を外し、軽自動車を敷地内に進ませた。入り口から近い場所に管理棟らしき建物があった。自転車やバーベキューセットもそこで貸し出してもらえるらしい。管理棟の窓は暗く、今はだれもいないようだ。テントサイトへむかう道と、コテージサイトへむかう道とにわかれている。立て看板の地図によれば、サイクリングロードやアスレチックや貸し出しボートのための桟橋《さんばし》なども用意されているらしい。

軽自動車はコテージサイトへの道へと入っていく。湖の縁に沿ってぐるりと半周すると、前方に数棟のコテージが見えてきた。山の斜面の枯れ木に埋もれながら山小屋風の三角屋根がちらほらとならんでいる。どれもおなじような外観で、丸太を積みかさねたような壁だ。

「一般には貸し出しされていない特別なコテージが奥にあるんです」

ほそい道へと分け入った先に、もう一棟、建っていた。軽自動車はその前に駐車される。車を降りて建物を見上げながら彼女は言った。

「死体袋がはこばれてくるのを待つ間、私が快適に過ごせるように、父がこのコテージを造ってくれたんです」

建物の横に森の奥へとつづく石段があった。その先でいつも死体袋は焼却処分されていたという。このコテージは火葬場へつづく入り口に建っているのだ。説明を聞きながら俺は寒気を感じる。

車から荷物を出して屋内に運びこんだ。湯川さんの私物の入ったスーツケースや段ボール箱を抱えて移動する。足を踏み入れると木の香りにつつまれた。湯川さんは手慣れた様子で窓を開けて空気の入れ換えをする。ブレーカーを操作して電気を点《つ》けた。屋内にはトイレやお風呂もあり、冷蔵庫や炊飯器も備わっている。

日が暮れて俺たちは米を炊《た》いた。六花荘の俺の部屋から持ってきたレトルトのカレーをあたためる。湯川さんはレトルト食品に興味津々という顔つきだった。

「存在はしっていましたが、食べるのは、はじめてです」

ガスコンロの調子がわるかったので、湯川さんが鍋の水を見つめた。水はすぐさま沸騰《ふっとう》して泡をたてはじめる。俺は質問した。

「〝見る〟ことで熱してるんですか？」

たとえば目から熱光線のようなものを発しているのだろうか、などと俺は想像していた。しかし湯川さんは首を横にふる。

「いえ、目をつむっていても、熱は作れます。目から熱を発しているのだとしたら、私のまぶたは、とっくに燃えてなくなってます。ただし、目をつむっていると、狙《ねら》いが定まらないんです。目かくしして火炎放射器を放つようなものですよ」

「壁はどうです？　火炎放射器だったら、壁のうしろにいれば炎をふせげますよね」

「壁は関係ありません。狙いをつけなくていいのであれば、という条件つきですけど」

「遮蔽物をすり抜けるってことですか」

彼女の視線はあくまでも照準をあわせるためのものらしい。

「じゃあ、もしも今ここで、最大火力で全方位に力を放出したらどうなります？」

「湖は一瞬で干上がって、山は消し飛ぶでしょうね。管理人さんはもちろんのこと、私自身も灰になってしまうかも」

湯川さんはレトルトカレーの味を気に入ったらしく、一瞬でたいらげてしまった。一皿では足りなかったらしく、追加でもう一袋、自慢の能力であたためてしまった。明日の朝食のことをかんがえて炊いていたご飯がなくなってしまったので、再度、米を炊飯器にセットし、タイマーで炊きあがる時刻を設定する。それから俺たちは酒を飲んだ。手元に一本だけアルコールがあることに気付いたのだ。別れ際に柳瀬さんからもらったせんべつの酒だ。『スピリタス』というラベルには見覚えがあった。Gさえ殺せるほどの高アルコールの酒だ。ジュースに数滴たらしてまぜるだけで俺たちはほろ酔い気分となる。それからシャワーを浴びてそれぞれの個室で就寝した。夢は見なかった。

コテージは二階建てである。一階部分にリビングとダイニングと洗面所があった。二階に個室が四つあり、それぞれにベッドが備わっている。それぞれの窓にはシンプルな生地のカーテンがさがっていた。鳥のはばたく音で俺は目をさます。そして俺の人生最悪の一日がはじまった。

4

洗面所で顔をあらっていると湯川さんが起きてきた。寝間着がわりにトレーナーを着ている。普段からあまり化粧をしていないせいか、寝起きの顔も普段と印象がかわらない。透き通るような白い肌には毛穴さえ見当たらなかった。身支度《みじたく》をととのえて俺たちは外に出る。

点在するコテージの合間から、朝靄《あさもや》の立ちこめる湖面がのぞいている。コテージ横の森へとつづく石段を湯川さんはのぼっていく。途中にロープがはってあり、立ち入り禁止の立て看板もあるが、彼女はそれを無視する。森の広葉樹はすべて落葉していた。幹《みき》は灰色で石のような冷たい色である。細々とした丸裸の枝が絡み合うように曇り空へのびて密集している。その隙間を雪の粒がすりぬけて、落ち葉のしきつめられた地面へとたどりつく。

奥へと進むうちにコテージも湖も見えなくなった。方向感覚も判然としなくなる。石段もなくなり、途中からはただの斜面だ。しかし湯川さんは迷いなく枯れ葉をふみながらすすむ。はたしてどれほどの回数、彼女は死体袋とともにこの場所を通ったのだろう。

やがて湯川さんは立ち止まり、俺をふりかえった。

「ここで管理人さんのお母様は亡くなりました」

何もないただの地面だった。両手をコートのポケットに入れて枯れ木のそばに立ち、湯川さんは地面の一点を見つめている。俺は想像した。自分の母親がそこに横たわって人生を終えた様を。いざその場所に来てみても、それほど感情をうごかされないのではないかと心配していたが、意外と感慨深い気持ちにさせられる。俺はその地面にむかって両手をあわせた。湯川さんもポケットから手をだしておなじように合掌《がっしょう》してくれる。

さらに奥へ入っていくと、森が途絶えた。むきだしの地面に巨大な岩がころがっているだけの円形の広場になっている。人の手でそこだけ木々が伐採されたかのような印象をうけた。落ち葉の下にある地面の泥も、他の場所とは異なっていた。硬い粒子を靴裏で踏みしめるような感触だ。地面がこのあたりだけガラス質になっている。こうなるのは、高い熱にさらされたときだけだろう。

「昔、父に連れてこられて、私がこの一帯をきれいにしたんです」

広場の中央に横たわる岩にちかづきながら湯川さんが言った。見上げるほどの岩の表面には黒色の煤《すす》がまとわりついている。この円形の広場は彼女の発した熱によって作られた場所らしい。都合のわるい死体はここで焼却され、灰は地面に埋められていたのだ。植物は生えておらず、風で飛ばされてきた枯れ葉がうすい層をつくっている。曇天《どんてん》も相まって寒々しい。湯川さんが手招きして岩のそばの地面を指さしていた。俺の両親はそこで火葬され、のこりかすを埋められたらしい。

両親のことで一番のおもいでぶかい出来事とはなんだろう?

俺が四歳くらいのときだった。炎天下、パチンコ店の駐車場の車内にとりのこされて蒸し焼きになって死にかけたことがある。さすがに俺もそのころは車のドアを開けるくらいのことはできたので、あやういところで一命はとりとめた。脱出した俺は、夏の日差しによって熱せられたアスファルトの駐車場を裸足でさまよった。足の裏を火傷して、日陰でうずくまって泣いているところを、パチンコ店の従業員に保護されたのだ。

両親はパチンコ店の店長にひどくしかられて頭をさげていたが、家にもどると今度は俺が両親からぶたれた。俺が車内でがまんしていなかったから、世間の大人たちにしかられたじゃないか、などと逆ギレをされたのである。当時の俺はすっかり申し訳ない気持ちになったものだが、今にしておもえば、完全に俺の両親が屑だとわかる。

暴力団の関係者とトラブルをおこして殺されたという最期は、自業自得だろう。だけどまあいい。線香だけはあげておこう。幽霊になって出てこられたらかなわんし。

俺は線香を取り出して地面にたてる。湯川さんが線香の先端を見つめると、赤色のかがやきが生じて煙が立ち上る。二人でそこに合掌した。吐き出した息が白くなって線香の煙といっしょに風のなかへ溶ける。湯川さんが俺の横顔を見ながら言った。

「泣いてもいいんですよ」

「泣きはしませんよ」

「つよがってるんですね」

「つよがってませんよ。そういう関係ではないんです。むしろせいせいしてます」

俺たちは帰ることにした。火葬場に背をむけて再び枯れ木の森へと入る。コテージにむかってあるきながら俺は言った。

「ありがとうございました」

「ここに連れてきたことに対しての感謝ですか？　それとも、お父様とお母様を火葬して送り出したことに対してですか？」

「どちらでも」

彼女の能力によって大勢が灰となり人知れず埋葬された。俺はふと、彼女が父と呼んでいる人物についてかんがえる。彼はおそらく、パイロキネシスの能力に目をつけて、おさない湯川さんを引き取ったのだろう。自分の役に立つと判断して育てたのだ。そのことを彼女自身もかんがえないわけではないだろう。それでも彼女からは、父と呼んでいる人物に対して、愛情のようなものが感じられる。

「コテージにもどったら朝ご飯にしましょうね」

湯川さんはあるきながらほがらかに言った。

前方にコテージサイトが見えてくる。湖面にかかる朝靄はすっかり消えていたが、あいかわらず寒く、雪がちらついていた。コテージにもどってコートを脱ぐ間もなく事件は起きた。

まず最初に、俺と湯川さんは、あることに気付く。昨晩、タイマーでご飯が炊けるようにセットしておいたはずの炊飯器が、なぜか冷たいままだったのである。

「なっ……！」

蓋をあけてご飯が炊けていないのを確認し、湯川さんが絶望するような声を発した。その直後、俺の頰のすぐそばを熱いものが通りすぎる。

タン、と短い音を発して冷蔵庫の扉に小指大の穴が開いた。いや、ガラスの割れるような音を聞いたのが先だっただろうか。背後の窓ガラスにひびがはいっている。外で爆竹を鳴らすような音。火薬がはじけるような音だ。そいつが湖畔にひびきわたり、こだまをのこす。とっさにはわからなかったが、それは銃声だった。

日本という国で暮らしているかぎり、そんなものを聞くことはないとおもいこんでいた。だけど唐突に戦闘状態の中へと俺たちは突き落とされる。

「ふせて！」

湯川さんは頭を低くしていた。わけもわからず立っていると、彼女がちかづいてきて腕をひっぱる。

「窓からはなれて！」

床を這うような姿勢で湯川さんはダイニングのカーテンを閉める。コテージ一階はダイニングとリビングのつながった広々とした空間だ。湯川さんはリビング側のおおきな窓のカーテンも閉ざす。

「あの、何が……」

とまどっている俺に、湯川さんがさけんだ。

「狙撃されてます！」

ダイニングのテーブルを湯川さんが横倒しにする。上に置いてあるコップや食器が床にすべり落ちてこわれてしまった。テーブルの天板を壁にして、彼女はその後ろにかくれる。

「狙撃？」

俺は聞きかえす。なんで？　意味がわからない。

窓のカーテンが不自然にゆれた。光の点がぽつんとできる。穴が開いたのだ。横倒しにしたテーブルが、ガツンと衝撃音を発する。かすかな煙を立ち上らせながら、銃弾らしきものがめり込んでいた。

状況が飲み込めてきた。だけど足がうごかない。混乱して身がすくんでしまっている。湯川さんがテーブルの後ろから出てきて、俺の体に突進した。そのまま二人で床にころがって頭を伏せる。カーテンにまたひとつ穴が増える。弾丸は頭上を通りすぎて棚に命中したようだ。ならんでいた食器のひとつがはじけて破片をまき散らす。

湯川さんのやわらかい体が俺にかぶさっていた。彼女は息をあらくしながら銃弾の飛んでくる窓をにらんでいる。

「狙われてます！」

「だれにです⁉」

咄嗟《とっさ》におもいついた人物は、ひとりしかいない。湯川さんによって左腕をうばわれ、パイロキネシスの能力について調査していた青年だ。

彼女はダイニングの窓辺へとちかづいた。銃弾はその窓のむこうから飛んでくる。ありがたいことに、壁を貫通するほどの威力はないらしい。彼女はおそるおそるカーテンの裾を持ち上げて外を確認しようとする。しかしその寸前に棚の食器がまたひとつはじけとんだ。カーテンに穴が生じる。おどろいて彼女は手を引っ込めた。さらにもう一発、カーテンが撃ち抜かれる。湯川さんが一発目で身をのけぞらせていなければ、頭に命中していたかもしれない位置だ。

「しかたないですね！」

彼女はそう言うと、反撃をはじめた。狙撃者がいるとおもわれる方角へ手のひらをかざす。狙いを定めないまま、壁越しに無差別な熱の放射をおこなったようだ。カーテンがめくれあがって熱波が吹きこんでくると、湯川さんの髪がはげしくゆれる。外に炎の壁が生まれていた。圧倒的な力だ。コテージサイトの一画がナパーム弾を落とされたように火の海となっている。まるでそこに地獄が出現したかのように。しかし敵は生きのびていた。

今度はリビング側のカーテンに穴が開いた。敵は広範囲の無差別な熱の放射から逃げ出して、そちらの方角に移動していたらしい。湯川さんと俺は床を這ってテーブルの背後に逃げこむ。火災の音にまじってまたひとつ銃声が聞こえる。テーブルをささえている手に衝撃があった。天板に命中している。混乱と恐怖のなかで俺は不思議におもう。

「変です！　カーテンを閉めてるのに！」

湯川さんが、はっとした表情で室内に視線をさまよわせる。俺の言いたかったことを彼女も察したようだ。

一階のカーテンはすべて閉めている。外の狙撃者からはこちらの位置が見えていないはずだ。それなのに銃弾は俺たちのひそんでいるテーブルへと飛んできた。相手はカーテン越しに俺たちの位置を把握しているのではないか。

さきほど湯川さんが外の様子を確認しようとしたときも、カーテンを持ち上げる寸前、彼女の頭のすぐそばに銃弾の穴が生じた。カーテンがうごいてもいないのに、なぜそこに彼女がいたとわかった？　二発目は、軌道修正させたかのように、数秒前まで湯川さんの頭があった位置を通過していた。さきほどの熱の放射から逃げられたのも、湯川さんの動向が見えていたからではないのか。

俺はこうかんがえる。カーテンで遮《さえぎ》られているはずなのに、銃弾がどこに命中したのかが相手にも見えている。その結果を参考にしながら、次に照準をあわせる際、微調整して正確に目標へ命中させようとしている。それを可能とする方法を相手は確立しているのではないか。

「あった！」

湯川さんが声を発する。棚の上に置かれていた荷物の間に、ビデオカメラのレンズらしきものが見えた。棚の背後からほそい電源コードらしきものがのびて、冷蔵庫や炊飯器のプラグがささったコンセントにつながっている。今朝、俺たちが出かけた際、狙撃者はコテージに侵入してそれを設置したのかもしれない。電源確保のため炊飯器のプラグを抜いて、複数口のある電源タップをはさんだのにちがいない。そのせいで炊飯器のタイマーがリセットされたのだ。

俺は床を這って棚の裏から電源コードをひっぱりだす。ひきずられて上からビデオカメラや無線機とおもわれる機械が落下してきた。

「貸してください、破壊します！」

そいつを湯川さんのかくれているところへ放り投げる。彼女はビデオカメラと無線機に視線をむけた。しっかりと、はずさないように、熱を発生させてそれらの機器を破壊するためだ。

しかしここまでの出来事は、すべて敵のシナリオ通りだったのだろう。炊飯器のタイマーの件も、あるいは意図的なものだったのかもしれない。ビデオカメラを俺たちに発見させるためのヒントをわざわざのこしていたのだ。

次の瞬間、ビデオカメラの内側からガスが発生し、ふくれあがった。

ぶしゅううう……。

湿り気を帯びた気体は、わずかにオレンジ色をしている。俺はその範囲にいなかったが、湯川さんの体は発生したガスにつつまれる。彼女は悲鳴をあげた。

流れてきたガスを俺もすこしだけ吸ってしまう。鼻や喉の奥がひっくり返るような刺激臭だ。ちくちくとした痛みが眼球の表面に生じた。湯川さんはこれをまともに浴びてしまったようだ。オレンジ色の煙が霧散すると、目を開けられず、顔を手でぎゅっと押さえて咳《せ》きこんでいる彼女が床に横たわっている。催涙ガスだ。あらかじめ相手がビデオカメラに仕込んでいたらしい。

爆発音が外から聞こえてくる。ちかくのコテージのプロパンガスかなにかが破裂したのだろう。俺はガスを少量しか浴びなかったのに、視界がぼんやりとにじんでいる。ダイニングのカーテンがゆらめいて、外の炎のかがやきが、水彩画のようにあわくひろがっていた。

「湯川さん！」

這って彼女にちかづく。床にうずくまった状態で咳の合間に彼女は返答する。

「……に、逃げて」

呼吸がうまくできないらしい。目や鼻の周囲が真っ赤だ。涙が頬をぬらしている。かなしみのせいではなく、ガスによって無理矢理に出された涙だ。

狙撃者はあきらかに湯川さんの目をねらって罠《わな》をしかけていた。彼女はビデオカメラを破壊するためにしっかりと目をあけて〝見る〟という行為をおこなった。そのタイミングをうかがってガスを発生させたのはまちがいない。これは彼女の目はまともに催涙ガスにさらされ、しばらくは何も見えないだろう。これは彼女の圧倒的な能力への対抗策だ。

「に、逃げ……。二階に……」

湯川さんは床にうずくまって咳をくりかえす。二階に逃げろ、と彼女は言いたいらしい。たしかに外へ逃げるのは危険だ。だけど二階は安全だろうか。

「肩をかします」

彼女は首を横にふる。そうではない、そういうことではない、と言いたそうな仕草だ。

「じゃま……、です……」

その声には闘いの意思がのこっていた。そうか、と俺は理解する。視界がうばわれたからといって、パイロキネシスの能力がつかえなくなったわけではない。照準器が壊れたにすぎないのだった。

「力を……、ぶちまけます……！」

狙いをつけずに？　無差別にコテージサイトの一画を焼いたように？　だけど俺がちかくにいたら、巻き添えを食ってしまう。

「わかりました」

彼女の指示にしたがおう。「二階に……」と彼女は言った。俺は頭を低くしながら階段へと移動する。狙撃者はおそらく、湯川さんの視界がうしなわれたことをしっている。これまで通りに遠巻きに様子をうかがいながら狙撃をするやり方は相手にとって得策ではないはずだ。彼女に噴射されたガスがどのようなものかよくわからないが、時間をおけば目の痛みが弱まり、視界が復活するかもしれないではないか。だからこのチャンスに距離をつめて、近距離射撃で彼女の命をうばいにやってくるかもしれない。また、そのことを湯川さんも理解している。

だから、そいつのちかづく気配を察した瞬間、彼女はやるつもりだ。自分の周囲にぐるりと、鉄をも溶かすほどのエネルギーが出現するにちがいない。おそらく水平方向に熱の放射をおこなうのではないか。だから二階に行けば大丈夫、と言ったのだ。たぶん。

階段を駆け上がり部屋に逃げこんだ。昨晩、俺が寝泊まりした部屋だ。木製の扉を開けて正面に窓がある。外の異様な景色がよく見えた。コテージサイトの一画が戦場のように焼けている。吹き上げられた黒煙が風によって渦《うず》をまいていた。その様子はまるで巨大怪獣のようである。さあどこに身を伏せておこうかと、室内を見回した俺の鼻先に銃口があった。

そいつは右手にオートマチック式の拳銃をにぎりしめている。彼の左腕は見当たらず、上着の袖がたれさがっている。溝呂木と名乗った青年である。高身長で痩身《そうしん》の青年は、今はチック症特有のまばたきをしていない。左腕の復讐をしにやってきたのだろうか。

でも、なぜ彼が二階にいる? 銃口をむけられているというおそろしさよりも、おどろきのほうがおおきい。溝呂木青年の耳にイヤホンがささっている。もしかしたら破裂したビデオカメラはダミーだったのかもしれない。実際はほかにも盗聴器が仕掛けられており、室内の声はさきほども筒抜け状態だったのか? この青年は、湯川さんが無差別な熱の放射によって迎撃を試みていることを察している? それで安全な二階部分へ侵入した？　いや、もしかしたら、俺が来るのを待っていたのかもしれない。

「命令にしたがってもらう」

彼は言った。吃音は出ていない。バスに乗ろうとした男に圧倒的な暴力をふるったときもそうだった。戦闘的な瞬間に彼は吃音やチック症がおさまるのかもしれない。

「一階に移動する。いっしょに来てもらおう」

溝呂木青年の目には光がなかった。瞳が暗い。外でちいさな爆発が生じて炎がふくれあがる。細かな破片が飛んできてコテージの外壁にぶつかって音をたてた。俺は身をすくませたが、彼は微動だにしなかった。右腕を滑走路のように水平にのばして銃口を俺の鼻先にむけている。

俺がうなずくと、溝呂木青年はかすかに顎《あご》をうごかして、部屋を出ろというジェスチャーをする。逆らうことのできない無言の圧力があった。

部屋を出て、階段をおりる。後頭部には常に拳銃の気配を感じた。彼が人差し指をすこしうごかした瞬間、俺の頭には穴があくだろう。吐き気がして、うずくまりたくなるのをこらえた。

「これは賭《か》けです」

かすれ声で青年が言った。

「彼女、あなたごと、僕を燃やすでしょうか」

どういう意味だ？　一階の床が見えてくる。俺はかんがえ、そして理解した。視界のうばわれた湯川さんには、人質にとられている俺と、狙撃者である溝呂木青年の判別はつかないはずだ。照準をあわせられず、彼だけを燃やすことはできない。しかしためらっていれば至近距離から銃撃をうけて殺される。彼女が生きのこる方法はひとつ。狙いをつけずに俺とこいつを一緒に燃やしてしまうこと。

足がすくみそうになる。後頭部をこつんと、銃口で押された。青年が俺の耳にささやく。

「彼女に言ってください。今の状況を、あなたの声で」

俺はうなずいた。

「……湯川さん」

声は彼女にも届いたはずだ。ついに一階へたどりつく。階段下は玄関ホールだ。銃口の圧力に押されながら、ダイニングの出入り口を通過する。その瞬間に圧倒的な熱が生じて周辺一帯が焼け野原になる可能性はあった。しかしそうはならない。

銃弾によって穴あきになったカーテンがゆらめいている。外の火災の光がちらちらと室内にさしこんで、食器の破片がちらばった床や、横倒しにされたテーブルが照らされる。湯川さんは床に這いつくばって咳をしていた。テーブルの後ろに逃げこもうとして、途中で呼吸困難のため力つきたような姿勢である。

俺たちの気配に気付いたのか、咳きこみながら彼女は、床に両手をついて上半身だけをおこす。目をつむったままだ。痛みのせいで、まぶたをあけられないらしい。俺の後頭部を銃口がこづく。何か言え、という彼の意思を感じた。

「あの、俺です。人質に、とられてます。頭に銃が」

溝呂木青年は俺の背後に立ったままうごかない。声も発さないのは、それによって立ち位置がばれることをおそれているのかもしれない。湯川さんの目がどの程度の損傷を受けているのかを観察し、判断しているようだった。

「俺ごと、燃やしますか？」

周囲にむかっていっせいに力を解き放てばいい。そうすれば彼女は生きのこる。溝呂木という青年を殺せる。だけど彼女は首を横にふった。

「しませんよ」

目の痛みに耐えながら、すこしだけ、口元をやわらかくさせた。だけどすぐに咳がぶりかえす。

背後で溝呂木青年がうごいた。一言も会話をすることなく、彼女の処刑へと踏み切る。一手ずつ湯川さんへの対処をおこなってきた彼の、最後の総仕上げの時間だ。

左腕の復讐のために彼がまずおこなったことは、俺の首の後ろの付け根あたりを拳銃の銃底でなぐりつけることだった。俺の頭を撃ち抜かなかったのはなぜか？　殺してしまえば人質の意味をなさなくなるからだろうか。二発目を撃つまでのわずかな時間に反撃を食らう可能性もある。かといって俺を放置したまま、拳銃の狙いを彼女にむけることにも抵抗があったのではないか。結果的にはこの判断が俺たちに幸運をはこんできてくれる。

それはまったくの偶然だった。激痛によって床へ倒れ込んだ俺は、遠くなりかけた意識のなかで、目の前に転がっている酒瓶に気付いたのである。ダイニングのテーブルに置かれていたものだったが、この騒動のなかで床に落ちて横倒しになっていた。蓋はしまっており、中に透明な液体がのこっている。

溝呂木青年が拳銃を湯川さんにむけた。銃口はまっすぐに彼女の額《ひたい》へと狙いをつけていた。黒煙のまじった焼け付くような風が窓から入りこむ。煤《すす》が飛びかい、炎の照り返しで視界が明滅する。

俺は目の前にある酒瓶をつかんだ。起き上がる動作と同時に、溝呂木青年の側頭部へとそいつをたたきつける。

「スピリタスだ！」

俺は叫んだ。202号室の柳瀬さんからせんべつでいただいた酒の名前である。瓶は粉々に砕けて、中の液体が彼にふりそそぐ。

同時に彼の手元で拳銃が発砲された。なぐられたことで狙いがそれたらしい。銃弾は湯川さんの背後の壁に突き刺さる。彼女は無事だ。

ほっとする俺にむかって溝呂木青年がちらりと視線をむける。酒瓶でなぐられたことへのダメージはなさそうだ。俺に拳銃をむけようとして、途中でおもいとどまり、再度、湯川さんへと狙いをさだめた。彼女を先に消さなくてはならないという、感情を超越したプロの判断にちがいない。

彼の側頭部からスピリタスが滴っていた。服の襟首にすっかりしみこんでいる。俺は湯川さんにむかってさけんだ。

「湯川さん！　火を！」

酒瓶の割れた音を聞いて、彼女は、こちらの意図に気付いてくれた。前日の晩にその酒をジュースに垂らして飲んでいた。その際に柳瀬さんから聞いた話を披露しておいたから、彼女もぴんときたのかもしれない。スピリタスは世界で最もアルコール度数の高い酒だということを。

溝呂木青年があらためて湯川さんに狙いをつける。しかし先に湯川さんの力が放射された。周辺一帯に見境なく熱がおそいかかる。俺もその範囲にあった。

全身が、かっと熱くなる。熱の波動が俺を包んだ。髪の毛が焦げてちりちりと音をたてる。しかし熱は皮膚の表層部分をほんのすこし焼いた程度で通りすぎていった。湯川さんが生みだした熱はたしかに無差別だったが、一瞬の出来事だったし、どうやら弱火に設定されていたようだ。人体が損傷を受けるほどの発火点に達する前に熱は過ぎ去ってくれた。しかし溝呂木青年は無事ではすまされなかった。

彼の衣服にしみこんだスピリタスからアルコール成分が揮発《きはつ》しており、それは容易に引火し、燃え上がった。爆発するように青色の炎がふきあがり、彼の上半身は炎につつまれる。スピリタスを浴びていた彼は、燃えやすい状態だったのだ。特に酒瓶の命中した首から上はひどい。炎が皮膚にはりついている。その状態でも彼はおそるべきことに、数発の銃弾を発射させた。湯川さんに銃口をむけてパンパンと鳴らす。炎が全身にひろがり、床に膝をついた状態でも、右腕をのばしてさらに引き金を引いた。ほとんどの銃弾は幸運なことにはずれてくれた。しかし最後の一発が湯川さんの肩を撃ち抜く。やがて拳銃に装塡《そうてん》されている弾がなくなり、かちり、かちり、と音がするだけで発砲音がしなくなった。炎につつまれた手から拳銃が落ちると、床に激突して重たい音をたてた。彼はつかれたようにうずくまり、そのましずかに焼かれてうごかなくなった。

5

白っぽい天井や壁や銀色の様々な器具から、そこがどこかの病院の一室であることをしる。目が覚めると俺はベッドにいた。清潔な毛布にくるまれて、全身に治療された形跡がある。

なぜ自分がここにいるのか判然としない。キャンプ場でのことは夢だったのかとさえかんがえた。派手な怪我はしておらず、骨も関節も無事だ。しかし皮膚がひりひりとして赤みをおびている。軽度の火傷を負っているようだ。眉《まゆ》が焼けており、髪の毛などはパーマをあてたようにくるんとしている。熱をあびて毛髪が全体的に硬くなっていた。

医者と看護師がやってきて、俺はキャンプ場の火災にまきこまれてしまったのだと説明をうける。一時的な記憶の混乱もあるだろうから、警察に事情を聞かれたときは言葉を選んだほうが良いだろうとの忠告もうけた。

「湯川さんはどこです？」

医者は首をかしげる。湯川四季という名前は偽名だったとおもいだす。

「湯川？」

「女性がいっしょにはこばれてきたはずです」

というよりも、彼女が助けを呼んでくれたんじゃないのか。俺が最後に覚えている光景は、溝呂木と名乗った青年がうごかなくなった場面だ。いや、その後、肩を撃ち抜かれた湯川さんを起こして、あのコテージから脱出したところまではおぼえている。そこから先の記憶があいまいだ。

「何のことか、わからないな。きみはひとりでこの病院にはこばれてきたんだよ」

医者はそう言うと病室から出て行く。看護師もそれについていった。俺だけがその場にのこされる。

数時間後、病室にやってきた二人組の刑事から事情聴取を受けることになった。しかし警察側ですでに物語ができあがっているようだ。キャンプ場で発生した火災は、侵入者の不審火によるものと結論づけられていた。俺はたまたまその付近を通りかかってしまい、犯人たちに頭をなぐられて昏倒《こんとう》していたのだという。

「いいえ、そうじゃありません」

「いいや、そうなんだよ」

病室にやってきた二人組の刑事は、あわれむような目をする。そして、きみはつかれているんだ、ゆっくり休んでおきなさい、と諭《さと》された。彼らは自分たちが事実を歪曲《わいきょく》しているることをしっているようだった。おそらく何らかの力がはたらいていたのだろう。

「もしもきみが何かを見ていたとしても、それはきっと見間違いだったんだよ。きみはただ、こちらの言い分にうなずいているだけでいいんだ。わるいようにはしない」

病室で二晩をすごした。窓から見える景色は郊外で、パチンコ店の広大な駐車場がひろがっていた。病院の所在地を看護師に聞いてみる。キャンプ場のあった湖から車で南下したあたりだ。俺の携帯電話や持ち物は行方不明だったので、外部と連絡をとるために病院の電話を借りた。まずは叔父に連絡を入れてみる。大学にも顔を出さず、六花荘にもいないことをあやまった。しかし俺の姿がないことすら気付いてはおらず、さほど興味もなさそうだった。両親の死に様については言わないでおくことにする。

退院する際、医者は俺に治療費の請求をしなかった。それどころか、交通費としてお札の入った袋をもらった。地球を一周できそうな金額の交通費である。医者はあまり関わり合いになりたくなさそうな顔で言った。

「私の金じゃない。もらっておきなさい」

口止め料的な意味合いもあったのだろう。闇の世界の住人が、キャンプ場でおこなわれた戦闘を隠蔽《いんぺい》したがっているのだ。

バスを乗り継いで六花荘へもどる。湯川さんの退居から五日が経過していた。見慣れた古い木造アパートが視界に入ったとき、膝を折って泣いてしまいそうになる。俺の帰宅をしって六花荘の住人たちが次々と部屋をたずねてきてくれた。

「管理人さん、もどってきたのかい。あのまま婿入りしたのかとおもってたよ」

１０２号室の立花さんはそう言って作りすぎたいつもの煮物をさしだす。２０３号室の秋山さん母娘も、俺と湯川さんがひそかにつきあっており、彼女の引っ越し先に住み着いたとかんがえていたようだ。

「ふられちゃったの？」

「ちがうってば」

秋山香澄ちゃんは心配そうにしながら俺にラムネを一粒くれる。１０３号室の東さん夫婦は、俺が何日後に帰ってくるのかという賭けをおこなっていたらしい。

「他の人はいろいろ言ってるけど、うちらはね、しってたんだよ。管理人さんと湯川さんの間には何もないって。あんたそういうの奥手だもんな。それより、なんだい、その髪型は」

湯川さんが引っ越しのために借りた軽自動車はどうなったのだろう。キャンプ場のコテージ前に駐車していたはずだが、もしかしたら火災に巻きこまれて大破したのではないか。気になって彼女の元職場である銭湯へ行ってみる。軽自動車の持ち主である老夫婦は別の車を手に入れていた。新車というわけではなく、一時的に貸し出された代車のようである。

老夫婦によれば、軽自動車はもどってきていないという。湯川さんの引っ越し先で、他の車にぶつけられ、大破してしまったそうだ。車を貸した翌々日に湯川さんから電話連絡があり、泣くのをこらえるような声で彼女は老夫婦に事故のことを語ったそうだ。警察からも連絡があり、故障した軽自動車をレッカー車で輸送するよりも、こちらで処分して新車に交換したほうが良さそうだと言われたという。代車の費用や新車の購入費は、事故を起こした相手側がすべて支払ってくれるとのことで、老夫婦はその通りにしたそうだ。

「キャンプ場で火災があったこと、しってるかい、管理人さん」

ある日、202号室の柳瀬さんの部屋で酒を飲まされていたとき、そんな話をされた。

「……たしか、地元の不良が勝手に入って火を点けたっていう」

「世間ではそんな風に報道されてるけどね、実際はどうやらちがうらしいんだよ。僕はね、飲み屋で記者の友人から聞いちゃったんだ。あそこで暴力団の抗争があったんだって。たまたま湖をながめにきた観光客が、銃声を聞いたって言うんだ。それでしらべてみると、あそこのキャンプ場の持ち主が、暴力団の関係者みたいでね」

六花荘の人々は俺がそのキャンプ場にいたことをしらない。湯川さんの引っ越しを手伝った後、ひとりで数日間の温泉旅行をたのしんでいたことになっている。旅先で気分がもりあがって髪にパーマをあててしまったのだとみんなは納得していた。

「でも、キャンプ場のことをしらべていた記者の友人と、最近、連絡がとれなくなっちゃったんだ。無事だといいんだけど」

「柳瀬さん、もうその話はやめたほうがいいですよ」

「そうかもしれないね。さあ、管理人さん、もう一杯どうだい。この前ね、グサーノ・ロホって名前のお酒を手に入れたんだ」

彼が取り出した酒瓶には、芋虫《いもむし》が丸ごと一匹、浸《ひた》されていた。

湯川さんと再会したのは、キャンプ場のひどい体験から一ヶ月後のことだった。大学でクラスメイトたちが、カラオケに参加するメンバーを募《つの》っていた。いっしょに行かないかとさそわれたが、窓の外をながめて俺は首を横にふる。その日も大粒の雪が大学のキャンパスに降っていた。そろそろ六花荘の屋根から雪を下ろさないとまずいとおもった。

雪をふみしめながら路地を移動して六花荘にもどる。物置から折りたたみ式のはしごと、雪下ろしの道具を出して、屋根にのぼった。高い位置からながめる町の風景は白い。家々の屋根に分厚い雪の層がのっている。下にだれもいないことを確認して、スコップで雪をすくい、落としていく。足をすべらせないよう常に気をつけていなくてはならないので、体力とともに集中力を使った。

はしごは外壁に立てかけたままだった。作業中にたおれてしまわないよう、屋根の縁の部分にロープで固定している。雪下ろしをはじめてまもなく、はしごが軋《きし》むような音をたてた。だれかがのぼってくる。住人のうちのだれかが手伝いにきてくれたのだろうか。作業の手を休めて俺は息を吐き出す。

まず最初に毛糸の帽子が屋根の縁のむこうから浮上してきた。それから色白の額と、形の良い目鼻が見える。はしごをのぼってきたのは湯川さんだった。怖々《こわごわ》と屋根にあがってきて俺に会釈する。口元に彼女は笑みをひろげた。

「ひさしぶりです、管理人さん」

「湯川さん！」

彼女は人差し指をたてて、周囲に視線をさまよわせた。

「しずかに。みんなに気付かれちゃう」

「無事だったんですね。心配してました」

湯川さんは中腰でよたよたと屋根の上を移動して俺のそばに来る。毛糸の帽子からこぼれる髪は肩の上でゆれていた。最後に見たときよりも短くなっている。

「髪、切ったんですね」

彼女は髪の先端を指でくるんともてあそぶ。

「焦げちゃったから、ばっさり切ってみたんです。どうおもいます?」

「いいとおもいますよ」

「よかった!」

あの日、コテージの一階で産み出された熱は、彼女自身にも軽度の火傷を負わせていたらしい。だけど目はすっかり治っており、後遺症もない。撃ち抜かれた肩は、まだ痛むそうで、はしごをのぼるときも、肩をかばいながらだったとのことだ。しかし骨に損傷はなく、傷口もすっかりふさがっているという。

「銭湯に顔を出してきたんです。車をだめにしちゃったから、お詫びを言おうとおもって。だけどほんとうは、まだ外出を禁止されてるんです。ほとぼりがさめるまで家でじっとしているようにって、父に言われてるんです」

「こっそり抜け出してきたんですね」

「帰りに六花荘の前まで来てみたら、管理人さんが雪下ろしする様が見えたんです。声をかけないでおくかまよったんですけどね。管理人さん、ご迷惑をおかけしました」

「迷惑どころじゃないですよ。あんなにこわい体験は、はじめてです。トラウマもんですよ」

頭に銃口を突きつけられたのだ。あの場で人生が終わっていたかもしれない。想像すると恐怖でふるえがはしる。

「人生で最悪の日でした！　俺、無関係なのに！」

しかし湯川さんは、にやにやとした表情で俺を見ている。手袋をはめた両手で口元をかくしながら彼女は言った。

「でも、見直しましたよ。最後、叫んじゃったりなんかして」

雪の粒が俺と湯川さんの間をよぎっていく。笑顔だけど彼女の目はすこし赤い。催涙ガスのせいではない。あの日の絶望的な気分がぶりかえしたのか。それとも、たすかったというよろこびのせいだろうか。あるいはもっと別の感情のせいだろうか。

俺たちはすこしの時間、立ち話をする。六花荘でのおもいで話を彼女の口から聞けてうれしかった。他の住人たちの近況を伝える。みんなが彼女に会いたがっていたとおしえると、言葉を詰まらせていた。それから俺は雪下ろしの作業を再開する。

「手伝います」

彼女がそう言って空中で手をはらうような仕草をすると作業がわずか数秒で片付いた。屋根の積雪はすっかり解けて蒸発してしまう。俺たちは慎重にはしごをおりて地上へともどった。

「じゃあまた、管理人さん。いつかどこかで」

「はい、そのときは、コーヒーでも」

六花荘の前で俺たちはわかれた。彼女は深々と頭をさげて路地を遠ざかっていく。彼女は雪を解かしながらあるいた。一歩をふみ出すごとに、じゅう、と足下で雪が蒸発する。白い水蒸気が立ち上り、それが風にはらわれたとき、彼女の姿はもう路地のむこうへ消えていた。

やがて冬がおわり、春がおとずれる。湯川さんの住んでいた201号室は空室のままだった。点々と焦げ跡のついた畳も張り替えて、入居者募集の案内を仲介業者に依頼する。だけどなかなか新しい住人は決まらない。六花荘の人々は、ときおり、おもいだしたように湯川さんの話をした。彼女がいた時期、なぜか寒さがやわらいでいたねと。

サイキック人生

1

私の悩みは天然と言われることだ。

この前、駅前の駐輪場に自転車をとめる機会があった。黄色くてよく目立つ自転車を見つけて、そのとなりに置いた。あざやかな黄色は、遠くからでもすぐにわかったから、目印になるとおもったのだ。

「でも、用事をすませてもどってみたら、黄色い自転車がどこにも見当たらないの。ひどいとおもわない？　おかげで、あるきまわることになっちゃった。自転車をさがして、あっちに行ったり、こっちに行ったり」

教室で私がそう言うと、友人Aはため息をついて「天然だねえ」と言う。彼女によれば、移動するものを目印にした私のほうがわるいらしく、たしかになるほどと納得させられる。

高校の教室で私は天然キャラに分類されていた。天然キャラには威厳というものがない。グループ内で何かを主張しても、まるでちいさな子どもを相手にするように「はいはいそうですね」などとあしらわれる。まるで本気にしてもらえないし、活発な男子などは私の頭を無断でなでる。「やめろバカ！」と怒っても男子はわらうだけだ。さらにひどいことに、私が天然を演じていると言い出す女子もいた。男子にかまってもらうための計算だというのだ。

だけど、まあいい。世界人類だれとでも仲良くなれるわけがない。ともかく仲良しの友人たちを私は大切にしておこう。クラスメイトのうち、友人と呼べる相手が私には十人前後いる。半数は男子だ。この仲良しグループで放課後にあそぶことがある。休日にみんなと遊園地へ行ってジェットコースターに乗ったり、記念の集団写真をおかしなポーズで撮ったこともある。それなりに充実した日々ではないか。しかし、おもいもよらなかった。この大切な友人たちを、私自身のしでかしたことで、全員、登校不能な状態に陥《おちい》らせてしまうなんて。

事の発端は、とある放課後のことだ。友人が教室であつまって、幽霊というものがはたして存在するのか、それとも存在しないのかという議論をおこなっていた。おもわずあきれてしまう。この年齢になって議論するようなことだろうか。

「幽霊なんて、いるに決まってるじゃん」

自信満々の私の発言は、みんなに嘲笑されてしまう。

「星野《ほしの》はそう言うとおもった」

「サンタも信じてるっしょ」

「でもみんな、お化け、こわいでしょ？」

「こわいのと、いるかいないかは、ちがうっしょ」

「根拠は？　幽霊がいるって根拠はあんの？」

私は問い詰められる。幽霊の存在を肯定する理由はあったのだが、その場で言うわけにはいかず、黙り込むしかなかった。幽霊なんてものはいない。議論はそのように収束し、お化けを信じている私のことは「かわいい」の一言で片付けられてしまう。胸の内に憤《いきどお》りのようなものさえ生じた。しかし後からかんがえると、その怒りは、単純に幽霊を否定されたことへの反応ではなかったようにおもう。日頃から天然あつかいされて、主張を吟《ぎん》味《み》してもらえず、そのことへの鬱憤《うっぷん》がたまっていたのだ。天然キャラに分類された者は、そうでない者から見下されがちなのである。思考が劣《おと》っていると勝手に誤解されることがおおいのだ。

よし、わかった。それならこちらにも方法がある。その日の晩、私は決心する。彼らに幽霊を信じさせるためのいたずらをしかけてみようじゃないか。身の回りで心霊現象としかおもえない不可思議な出来事がおきれば、彼らも私の言葉に耳をかたむけてくれるかもしれない。心霊現象を演出することくらい私にはかんたんだった。だれにも言ったことはないけれど、私は透明な腕を持っていて、遠くの物体をさわってうごかすことができるのだ。

母方の家系は全員、似たようなことができた。年に何度か親戚であつまって会食を催《もよお》すときなど、この力を利用して遠くの席のおじさんにビールを注《つ》ぐこともある。日頃、私がこの能力を最大限に発揮するのは、きらいな数学教師の眼鏡をずらすときである。授業中、教壇に立っている教師にむかって、透明な腕をのばす。特別に意識を集中させるひつようはない。だれにも見えない私の手が、クラスメイトたちの頭の上を、すーっとのびていく。その指先で数学教師の眼鏡をつまみ、ちょいとひっぱってやるのだ。私はその間も、真面目な顔つきで自分の席にじっとしている。数学教師は、なぜこの教室で授業するときだけ眼鏡がずれてしまうのかと不思議がっていることだろう。

　身体測定のとき、すこしでも体重を軽くするためにも使用する。透明な腕を自分の脇の下にさしこんで、体をそっと上方向に持ち上げてやるのだ。体重計にかかる私の重さは軽減され、本来の数字よりもいくらかすくなくなるというわけだ。

　透明な腕はだれにも見えないし、触れることもできない。腕をのばせる範囲は教室一個分くらい。あまりにも遠くのものをうごかすことはできないが、天井の蛍光灯《けいこうとう》を取り替えるのにわざわざ脚立にのぼったりするひつようはない。このような超能力を、テレキネシスとかサイコキネシスとか言うらしい。遠い祖先がこの力のせいで迫害されたらしく、このことはだれにも話してはいけないことになっている。自宅以外での使用も本来なら禁止だ。この力のことをだれかにしられた場合、大変な罰則が待っている。罰則の内容については幼い頃から言い聞かされており、あまりのおそろしい内容にふるえあがったものである。せっかく生まれ持った能力なのに、私はこれを自由に使うことができない。こんなにおもしろい特技があるのに、だまっていなくてはならないのだ。

幽霊を肯定する根拠もここにある。こうして超能力が実在するんだから幽霊がいたとしてもおかしくないではないか。だってどちらもオカルトだ。親戚みたいなものだ。しかし友人に根拠を聞かれたとき、超能力者が実在する証拠を提示できなくて結局はだまりこむしかなかった。

というわけで、前述のようにこの力のことはひみつにしておかなくちゃいけないから。である。幽霊を信じさせるための作戦行動だ。まず準備段階として私は彼らに宣言したのである。

「実はさあ、私って霊感があるんだよねえ」

すると友人Aが目をまばたきさせて「ん？　ん？」と聞き返す。突飛《とっぴ》な発言すぎて理解できないからもう一回言ってみて、という表情だ。

「霊感があるから、道をあるいてたら、ついてきちゃうんだ、幽霊が。みんなのところにも行くかもしれないけど、ごめんね」

友人たちは困惑していた。ギャグなのか、本気なのか、それともまた別の意図があるのかと。私たちの会話が聞こえていたらしく、ヤンキーの女子たちが「天然バカ女」とささやいているのがわかった。

「そうなってほしくないよ、星野」

仲良しグループのイケメン、藤川《ふじかわ》が心配そうな顔つきで言った。

「いるよな、注目をあびるために、霊感があるとか言う奴。おまえにそうなってほしくないんだよ」

「よく言うよ。ひろった財布《さいふ》のお金でジュース買ってたくせに」

「おまえのだってしらなかったんだ」

以前、みんなでゲーセンに行ったときのことだ。私が財布を落としてこまっていると、こいつが自販機でジュースを買ってもどってきた。「いいもんひろっちまった、ラッキー！」とうれしそうにしているこいつの手には私の財布が握りしめられていたのである。ちなみに友人Aだけは本気で私のことを心配していっしょに財布をさがしてくれた。仲良しグループで彼女との交流が密なのはその一件があったからだ。

「それより、ほんとうにあるんだよ、霊感」

私は咳払《せきばら》いして、教室の天井の一点を見つめ、はっとするような演技をする。友人たちは私の視線を追いかけるが、もちろん何も見えていないはずだ。だって何もないのだから。

「幽霊と目が合った！　みんなも気をつけて。……何か、いやな予感がする！」

全員が懐疑的な顔をしていたけれど、授業時間に発生した出来事が、私の言葉に真実味をもたらす。

英語の授業中のことだ。友人Aは私からすこしはなれたところにある自分の席で黒板の文字をノートに書き写していた。しかし突然、悲鳴をあげて立ち上がる。全員の視線が彼女にあつまった。友人Aはおびえた表情で足下を見ていた。

「今、だれかが、私の足に……」

彼女の足首を何者かが強い力でつかみ、ぐいぐいとひっぱったという。その手は、ぞっとするほどひんやりとしていたらしい。

「寝ぼけていたんじゃないのか？」

友人Aの話を聞いて先生はわらった。周囲のクラスメイトたちも同調する。しかし彼女は、靴下《くつした》の内側をのぞきこんで悲鳴をあげた。足首の皮膚に、何者かがつよく握りしめたような手の跡が、うっすらと赤くなってのこっていたのである。

だけどそれは幽霊の仕業《しわざ》などではない。授業中に私が見えない手をのばし、席にすわっている彼女の足首をつかんだのだ。彼女の足首にできた手の跡と、私の手を重ねてみれば、ぴったりとそのおおきさが一致しただろう。念力といっても、形のないエネルギーを自由自在にあやつっているわけではない。私の両腕が拡張して距離をのばしたようなものだ。透明な手でだれかをばちんと平手打ちすれば、そこには手の形の痕跡がのこる。

その後も教室で不可解な現象がつづいた。授業中、突然に耳をくすぐられた者がいるかとおもえば、髪の毛をひっぱられた者もいる。だれも触れていないのに筆記具が持ち上がり「タスケテタスケテタスケテ……」とくり返しノートに文字を書いたかとおもえば、黒板に無数の手形が出現することもあった。

怪異は私の仲良しグループを中心に発生した。透明な手をのばして彼らの体にさわりまくる。彼らは「冷たい手が触れた」とおびえる。私の念力は熱の交換をともない、透明な腕がもたらす仕事は私の生身の腕にもはねかえってくる。そいつで何かを受け止めれば私の腕は衝撃を感じ、そいつで焼けたフライパンにさわったら私の生身の手も火傷《やけど》を負うというわけだ。授業中、私はひそかに机の下でアイスノンを握りしめていた。冷凍庫で凍らせておいて発熱時に額《ひたい》にのせておくゲル状のやつだ。生身の手を冷やしておいて、透明な手で友人の首筋に触れたなら、そこで熱の交換がおこなわれる。透明な手を経由して、友人は熱をうばわれ、「冷たい！」と首筋に感じたのである。

心霊現象が生じるたびに、私は教室で顔をこわばらせ、「霊がいる霊がいる霊がいる……」とつぶやいた。だれにも視線を合わせず、心を閉ざした少女みたいにふるえながらうつむく。はじめのうちはその演技がたのしかった。仲良しグループの友人たちが顔を蒼白にさせて相談しにくる。

「星野、どうしたらいい？　どうやったらこの現象はおさまるんだ？」

私は深刻な表情をして首を横にふる。わからない。だけど、霊が教室に住み着いているのは確かだ。そのうち勝手にいなくなってくれるのを待ったほうがいい。そんな風にアドバイスをしておいた。これはなかなか気分がいい。私が彼らの優位に立つことがこれまでにあっただろうか。図に乗って何日もそんな感じで演技をつづけていたら、友人Aは暗い顔をすることがおおくなって学校に来なくなった。他の友人も似たり寄ったりだ。学校には来るけれど教室がこわくていつも保健室に逃げ出す子もいる。やりすぎてしまったのだ。友人たちは不可解な出来事に疲れ果て、悩み、人知れず心を折ってしまっていたのである。心霊現象のいたずらをしかけるようになって一週間、仲良しグループのみんなは教室からいなくなっていた。

私の母は専業主婦である。おっとりとした性格で、天然という言葉は本来、母にこそ似合う。視力がわるいのでいつも眼鏡をかけているのだが、洗顔するときに眼鏡をはずしわすれ、そのまま水をばしゃっと顔にかけてしまったことは一度や二度ではない。

「お母さんって、天然だよね」

「ちがうよ！　失礼ね！」

そう言いながら母は目薬をさす。眼鏡のレンズに目薬の水滴がのっかかった。

ある日、私がマンションのエレベーターを降りて自宅の玄関扉を開けて「ただいまー」と口にすると、つよい力で首をつかまれる感触があった。廊下の先で母が仁王立《におうだ》ちになって眼鏡越しに私をにらんでいる。

「ちょっ、まっ……」

私はおどろいて、自分の首に両手をやり、圧迫している力を取り除こうとする。しかし私の首には何も巻き付いてはいない。首の皮膚が指の形にへこんでいるのがわかる。

「学校のこと、聞いたよ。泉《いずみ》、あんたの仕業でしょう」

首を圧迫しているのは母の透明な手だ。ふりほどこうとしても、私の指はそれをすり抜けてしまうので引きはがせない。教室で起きていた怪奇現象の件が母の耳にも入ってしまったらしい。それが私の念力によるものだと理解したのだろう。

「わかったから！　これ、はずして！」

咳《せ》きこみながらそう言うと、母は念力による首への締め付けを解いてくれた。自由になり、私はほっと安堵《あんど》する。母は怒った顔のまま腕組みをしていた。その状態で一歩もうごくことなく、私の腕を念力でつかんでひっぱる。抵抗むなしくリビングのソファーに座らされた。

「乱暴しないで！」

私は透明な腕を突き出して、数メートルはなれた位置にいる母の肩を押す。母はよろめいた。「やったわね！」と母が言った直後、私の頭にバチンと衝撃がくる。子どものころみたいに念力ではたかれてしまったのだ。私は頭をおさえてうめく。事情をしらない第三者がこの場にいたら、母は勝手によろめいただけに見えただろうし、私の頭が唐突にバチンと音を発したように感じられただろう。まさかこんなマンションの一室でサイキックバトルがおこなわれているとはだれも想像するまい。

「お化けのいたずらは、あんたがやったのね？　ばれたらどうするの！」

「ばれないようにやってるよ！」

「自分のしたこと、わかってる？　もしもみんなが、この力に気付いたら……」

「わかってるよ……」

母の家系には大昔から掟《おきて》がある。念力のことをだれかにしられたら、口封じのために相手を殺さなくてはいけないのだ。私たちにはそれがかんたんにできる。たとえば重要な血管をぷつんとちぎってしまえばいい。透明な腕は物質をすり抜けて作用する。相手にさとられずに体内の血管をちぎることなんて、数学の宿題よりもやさしい。もしもクラスメイトの全員が私の念力に気付いたとしたら。その場合、親族中に連絡がまわり、人手があつめられ、クラスメイトの全員が口封じのために一晩のうちに消されてしまうことだろう。自然災害や事故を装《よそお》って、村や町がまるごと消された例をしっている。

それでも私がついこんなことをしてしまったのは、自分の能力を利用してみんなにぎゃふんと言わせたいという気持ちがどこかにあったからだろう。ところで、念力のことをしられても、相手を殺さなくてもいい唯一の例外がある。それは相手が配偶者か、もしくは配偶者候補の場合だ。

父が会社から帰ってきて夕飯になる。ダイニングのテーブルで料理を囲み、母が父に学校の心霊騒動の件を相談する。父は念力こそつかえないが、母の家系のことや、私にもその力があることは把握している。父は私をしかった。

「泉、外でその力をつかったらだめだ。ばれたら、たいへんなことになってたんだぞ」

脳天気なバラエティ番組でもながめてわらいたい気分だった。テレビをつけようとしたらリモコンがはるか遠くにある。リビングのローテーブルの上だ。私は魚のフライをかじりながら透明な腕をのばしてリモコンを操作した。テレビの画面が明るくなる。

「こらっ、真面目な話をしてるのよ」

母がテレビのリモコンをちらりと見る。ぷつんと画面が暗くなった。私は再び念力でテレビをつける。それからリモコンをソファーの下に逃がした。母は食事の手を休めずに、リモコンをソファーの下からひきずりだす。室内をリモコンが飛びかい、行ったり来たりする。父にとっては見慣れた光景なので、気にせずビールを飲みながらテレビ画面を見ている。ふと、父が言った。

「これ、しってるやつだ。前に親戚であつまったとき、みんなで見たんだ」

私は母とのリモコンの取り合いを中断してテレビに見入る。放送中のバラエティ番組は、ネットに投稿された話題の動画を紹介するという内容だった。スマートフォンで撮影されたものらしい手ぶれのひどい映像が取りあげられている。動画共有サイトに投稿されて何百万回も世界中で再生されているものらしい。

不思議な映像だった。椅子がふわりとうかびあがって室内を飛び回っている。それを見上げている白人の赤ん坊も、重力から解き放たれて天井ちかくまで上昇する。空中で一回転し、飛び回る椅子にすわってしまう。赤ん坊はわらいながら空中遊泳をたのしんでいる。ついに超能力のことが世間にばれてしまったのだろうか。

ナレーションによれば、それは本物の映像ではないらしい。CGアニメのスタジオではたらいているお父さんが、子どもの映っている映像に細工をほどこしたものだという。

「なあんだ、そういうこと」

私は理解する。つまり作り物だったというわけだ。

「この動画を作らせたのは、大叔父《おおおじ》さんだよ。海外のCG制作会社に出資して制作したんだ」

「どうしてわざわざ?」

「超能力者が実在するってことをかくすためだ。CGの技術でこういう動画がかんたんに作れるってことを世間に印象づけたいのさ」

父は私を見る。

「たとえば、泉が超能力をつかってるところを隠し撮りされたとする。その動画をネットの動画共有サイトに投稿されたとしても、【どうせCGでしょ】としか人々はおもわないはずだ。そうなってくれれば、口封じのひつようもなくなる」

テレビ画面の中で、赤ん坊がまだ空中遊泳をたのしんでいる。大叔父は心配性なんじゃないか、と私はあきれたものだが、後にこの動画のおかげで秘密は守られることになる。

2

心霊現象の演出はもうやめたけれど仲良しグループのみんなが教室にもどってくる様子はない。いつしかうちのクラスは呪《のろ》われているという噂《うわさ》がささやかれるようになっていた。惨殺された少女の幽霊が教室に取り憑《つ》いているなどと言われている。あまりにもみんなが深刻そうに話しているものだから、私もだんだんこわくなってきた。

うちのクラスで授業をしているとき、体調をこわす女性教師がいた。教師がそうなると、クラスメイトたちも次々に気分がわるいと言い出す。私もなんだか吐き気がしてきて、これは絶対に霊障《れいしょう》だよとかんがえる。後で冷静になればただの集団ヒステリーだとわかるけれど。

だれからも話しかけられない日々がつづいた。クラスメイトたちは私のことをおそれているようだ。一連の心霊現象の原因だとおもわれているふしがある。それは完全に正解なのだが、念力がばれたわけではない。心霊現象を演出した初日に、霊感があると前もって宣言しておいたせいである。教室に居座る幽霊は、私が連れてきてしまったものだと、もっぱらの評判だった。

休憩時間のほとんどを自分の席でぼんやりとすごす。天然と呼ばれ、頭をなでられたのが遠い昔のように感じられた。みんなのささやき声が聞こえてきて、私は、霊感少女と呼ばれていることが判明した。霊感少女か、と私はおもう。わるくない。ちょっと憂《うれ》いをおびた表情などをして窓の外を見る。

それにしても仲良しグループの友人たちを元通りにするにはどうすればいいだろう。彼らがいないと私は教室でひとりだ。クラスで完全に孤立状態である。昼休みに教室で、ぼっちで弁当を食べるのが、みっともない気がしてつらい。トイレで食べることにしようと決めて席を立つ。廊下を移動中、後ろからだれかが追いかけてきて、私を呼び止めた。

「星野泉さん」

話したことのない男子生徒だった。陰気な雰囲気をまとっており、顔つきはどこか暗い。おなじクラスの子だけど、名前もわからない。空気みたいに存在感のないグループのひとりである。

「何か用？」

肩幅がせまく、ひょろっとして、強い風がふけば飛ばされそうな男子だ。視線をあわせようとせず、私を見ずに話をする。

「星野さん、霊感があるんだよね」

「まあね。ごめんね、私にくっついてきた幽霊が、教室を気に入っちゃったみたいで」

「今もいるのかな」

「いるよ。だけど、もうじき、いなくなるとおもう」

「実はお願いがあるんだ」

「お願い？」

「僕といっしょに、つまり、その……」

すこしだけまよって、彼は言った。

「……こっくりさんを、してくれないかな」

こっくりさんという言葉には聞き覚えがあった。小学生のころ、子ども向けのこわいお話で読んだ記憶がある。たしか降霊術の一種で、呼び出した霊に様々な質問をするというものだ。

「どうして私をさそうの？」

「霊感があるからだよ。こっくりさんの起源になった【テーブル・ターニング】では、霊能力の持ち主が参加するんだ。霊の意思を媒介《ばいかい》してもらうってわけ。霊感のある星野さんがいっしょにやってくれたら、こんなに心強いことはない」

この少年はオカルト的なものに興味があるのだろう。だから他のクラスメイトのように、私をおそれずに話しかけてきてくれたのだ。彼のお願いを引き受けることにした。だれかにひつようとされることなんて滅多にないから気分がいい。

「ところで、名前は？」

私は少年にたずねた。彼はこたえる。

「ハスミ。水生植物の蓮《はす》に、見るという字」

それが蓮見恵一郎《はすみけいいちろう》との出会いだった。


放課後、みんなが帰り支度《じたく》をして教室からいなくなる。私と蓮見恵一郎だけが居残り、机をふたつむかいあわせにしてこっくりさんの準備をした。彼はひらがなのならんだ五十音表のようなものを取り出して机にひろげる。ひらがなだけでなく、はい、いいえ、男、女、0から9までの数字、鳥居を簡略化した記号などが書いてある。まずは鳥居におさまるような位置に、十円硬貨を置くらしい。

「十円玉の上に、おたがいの人差し指をのせる。力を抜いてこっくりさんに呼びかけると、ひとりでに十円玉がうごきだして、僕たちの質問に回答してくれる」

蓮見恵一郎は説明すると、財布を取り出して小銭入れをさぐる。しかし、十円硬貨が見当たらないようだ。「どこかで両替してくるよ」と言って彼が立ち上がるので、私はそれを引き留めて硬貨を貸してあげることにする。自分の財布から取り出した硬貨を、鳥居の上に置く。その十円硬貨には特徴があった。刻印におかしな箇所があるのだ。友人Aによれば「製造工程のミスでしょうね」だそうである。めずらしい代物なので、使用はひかえて、お守りにしていたのだった。特別な十円硬貨だから、こっくりさんでも特別なはたらきをしてくれるにちがいない。準備はととのった。窓からさしこむ夕日で教室が橙《だいだい》色に染まる。蓮見恵一郎は目をふせ気味にして十円硬貨を見つめた。長いまつげの下に影が落ちている。私は彼に質問した。

「こっくりさんって、何者？」

「本来は狐《きつね》の霊だと言われてるけど、死んだ子どもの霊だという説もある。たまたますぐそばにいた霊が十円玉をうごかしているんだ。この教室でこっくりさんをやれば……」

「教室で悪さをしている幽霊が呼びかけに応じてくれる？」

少年はうなずく。前髪の間からのぞく目は鋭《するど》い。私は次第に緊張してきた。外から聞こえていた運動部の特訓の声も、遠ざかって周囲はしずかになる。こっくりさんは危険なあそびだ。子どもたちがこれに手を出して、霊に取り憑かれ、人格に異常をきたしたという噂もある。しかし、十円玉が勝手にすべりだす現象は、科学的に解釈可能だった。テレビで解説されているのを見たことがある。それによれば、参加者の潜在意識が反映されて無自覚に指が硬貨をうごかしているらしい。複数人の参加者が同時に人差し指を十円玉にのせた状態だから、力の均衡《きんこう》がくずれると、硬貨が勝手にうごきだしたように感じるらしいのだ。もちろん、霊の仕業だという説も色濃くのこっていて、私はどちらかというとそっち派である。

だけど今回の場合、教室に幽霊なんていないことを私はしっている。

「蓮見くんは、幽霊って、信じる？」

「うん。いてほしいとおもってる」

彼が、ふと、やさしい表情をうかべた。私の視線に気付くと、彼は顔をうつむかせて、たれた前髪のむこうに目元をかくす。

「はじめよう。そういえば注意すべきことがある。途中で絶対に指を十円玉からはなさないでほしい。鳥居の記号はスタート地点であり、ゴール地点だ。十円玉がここにもどってくるまでは人差し指をのせておくこと」

「わかった」

私たちは同時に人差し指を十円硬貨にのせた。指先がほんのすこし、彼の指に触れる。まるで女の子みたいにほっそりした指だ。蓮見恵一郎が呼びかけをおこなう。

「こっくりさん、こっくりさん、おいでください……」

しばらくはなにもおこらない。彼が呼びかけをくりかえし、私と彼の指先がくっついたまま硬貨にのっている。やがて前触れもなく十円玉が横へずれた。机の天板に押さえつけるように指へ力をこめるが、硬貨はうごきをとめない。ずず、ずずず、とひらがなのならんだ紙の上をすべっていく。私たちは息を呑《の》んでそれを見守った。しかし実際は、私の透明な腕がこっそりと硬貨をうごかしていただけである。

蓮見恵一郎はこっくりさんに質問する。

「あなたはだれですか？」

私は念力をつかって、女と書かれている場所まで硬貨をはこぶ。だれですか？　と聞かれても、名前なんておもいつかないし、ひとまず女とだけこたえておこう。

「教室でいたずらをしている幽霊ですね？」

はい、と書かれている場所へ硬貨をすべらせた。

「年齢は？　何歳ですか？」

１、６、という数字を順番に示す。十六歳。自分とおなじ年齢だ。

「あなたはどうして死んだのですか？」

わ、か、ら、な、い。一文字ずつ選んでいく。

「死後の世界はあるんですか？」

はい。

私はずっとだまりこんでいたが、頭の中はいそがしくうごいている。幽霊のふりをして返答をかんがえなくてはならなかった。幽霊というものが存在してほしい、と彼は言った。その夢をこわさないように私は幽霊を演じることにしたのだ。

「家族のことを、今もおぼえていますか?」

はい。

帰り道、駅まで一緒にあるきながら蓮見恵一郎はおしえてくれた。彼は三年前に妹を交通事故で失ったそうである。もしも死後の世界が存在するのだとしたら、そこでの暮らしがどんなものであるのかをしりたかったらしい。幽霊にいてほしいかと聞いたとき、夕日のオレンジ色の中で彼が見せた、やさしい表情は、死んでしまった妹にむけられていたのかもしれない。駅前にたどりつくと、すっかり空は暗くなっていた。街灯が点灯し、パチンコ店のネオンが、かがやきはじめる。行き交《か》う人々の邪魔にならない場所で立ち話をする。

「十円玉、そのうちに返すよ」

「絶対だよ、あれ、特別なものだから」

蓮見恵一郎によれば、こっくりさんに使用した硬貨は、できるだけはやく使用しなくてはならないという。いつまでも所持していると持ち主にわるいことがおきるというのは有名な話のようだ。それをあえて所持しておくことにより、心霊的な出来事を検証しようというのが彼の狙《ねら》いだった。

「僕の身にわるいことが起きれば、つまり、心霊的な出来事は実在するというわけだ」

「たしかに、そうなるね。きみは自分を人柱《ひとばしら》にして実験をするわけだ」

「今日は突然の申し出につきあってくれてありがとう。教室の幽霊と意思の疎通ができたのも、星野さんに霊感があったおかげだよ」

「私もびっくりした。十円玉があんな風に、勝手にうごきだすなんてさ。金額によってうごきが変わったりするかな。五百円玉だったらもっとすごい加速を見せるかも」

私は人差し指を立てて、電光石火のうごきで五百円玉がうごいているかのようなジェスチャーをする。蓮見恵一郎は無言で私を見ている。私は咳払いをして、鞄《かばん》から定期入れを取り出した。彼に手をふって改札を抜けて帰路につく。


霊感少女として私の名前は有名になっていた。他のクラスから呼び出しがあり、数枚の心霊写真を見せられて、これが本物かどうかを判定してほしいとたのまれたことがある。「全部、本物です。霊の怨念《おんねん》を感じます」などと厳粛《げんしゅく》な面《おも》もちで言っておく。ついでにその場で透明な腕をのばして心霊演出をおこなう。だれも触れていないのに椅子がうごいたり、黒板に無数の手形ができたりすると、みんなが悲鳴をあげてたのしんでくれた。

三年生の男子グループから呼び出しをうけて教室に連れて行かれる。古い木箱を見せられた。表面にはいくつもお札が貼られており、蓋《ふた》をあけてみると日本人形がおさまっている。この人形をどうおもうかとたずねられたので、「これは呪いの人形です」と私はこたえる。「幼くして亡くなった少女の霊が取り憑いています」と。しかしその場にいた男子グループは、私の回答を聞いて、ふふふふふとわらいはじめる。彼らの代表者が眼鏡の位置をなおしながら言った。

「星野さん、そんなはずはありませんよ。なぜならこの人形は、先日、我々が買ってきたものなんですから。服や木箱をわざと汚して、お札を貼り、古めかしく見せていたんです。我々は科学部。幽霊の存在を肯定するわけにはいきません。あなたには霊感などない、ということがはっきりと今のでわかりました」

これは罠《わな》だったらしい。彼らは私をひっかけたのだ。しかし動じるわけにはいかない。

「お店にならんでいるときから霊が取り憑いていたんでしょうね。みなさんが買われたとき、すでにこの人形は呪われていたんだとおもいます。だって、ほら、見てください」

私は机の上の木箱を指さす。彼らが視線をそちらにむけて、はっとした表情になる。木箱は空っぽだった。そこに横たわっていたはずの日本人形が見当たらない。

そのとき、みんなを代表してしゃべっていた男子生徒が悲鳴をあげる。おかっぱ頭の少女の人形が、彼の足にしがみついているではないか。彼は人形をふりはらおうとするが、人形はぎゅっとくっついたままだ。腕を足にまきつけて、髪をふりみだしながら、がくがくとはげしく首を左右にふりはじめる。もちろんそれは心霊現象などではなく私の念力によるものだったが、そうして私の霊感少女としての存在感はましていった。

星野の周辺でまた心霊現象が起きたらしい、と噂がたてば蓮見恵一郎がやってきて事情を聞いた。私たちは教室で会話をする頻度《ひんど》がおおくなる。彼は物静かな少年だった。私が話しているとき、途中で言葉をはさまずに最後まで聞いてくれる。話しているうちに頭がこんがらがってきてだまりこんでしまったら、私の頭が整理されるまで待ってくれるし、ときには言葉をアシストして言いたかったことを引き出してくれる。彼と話していると、「そうそう、それ、そういうことを言いたかったんだよ！」とすっきりするのだ。

そういえば仲良しグループの友人と話すとき、そうはならなかった。話している最中に私が言葉を嚙《か》んだり、おかしな表現をつかったりすると、話をさえぎってツッコミを入れるのが通例だ。私の話す内容よりも、そうして場が盛り上がるほうがみんなには重要なことだったのだろう。私がおかしな発言をするにちがいないと、彼らはいつも待ち受けていたので、話すときに緊張をしいられた。おもっていることを最後まできちんと話せたことがなくて、ストレスに感じていたのかもしれないと、今になって気付く。

休憩時間、蓮見恵一郎が廊下の窓辺に立っていた。彼の横にならび、視線の先を見ると、クモがせっせと巣をはっているではないか。彼はクモの巣づくりを観察している最中のようだ。

「蓮見くん、天然って言われたことない？　私もよく言われるんだけど、きみもそういうところあるよね」

「自分ではわからないよ。星野さんは自分のこと天然だとおもう？」

蓮見恵一郎は横目で私を見る。背丈はおおきくない。チビの私とおなじくらいだ。他の男子と比較すると、まるで中学生のようだ。

「天然って言われて、ああ自分はそうだったのか、とおもったよ」

「そういうレッテルを貼ると、人間って、交流しやすいんだ」

「レッテル？」

「商品に貼り付けるラベルのこと。人の性質を一言で分類することを、レッテルを貼る、って言うんだよ。そうすることで対象を単純化することができる。物事を単純化すれば、複雑な世界を理解できる。本質からはなれてしまうかもしれないけどね。それに、会話のとっかかりにもなりうるでしょう。たとえば血液型の性格診断みたいな嘘でも」

「あれって嘘なの？」

「根拠はないね」

「私はB型、マイペースで自由奔放《ほんぽう》って言われるよ」

「人間を四種類の型に分類することで、すこしは相手を理解した気になれるんだ。天然という言葉もそう。星野泉という人間に、天然という枠組みをあたえることで、人間関係においての立ち位置が明確になる。星野泉という人間のままではどう接すればいいのかわからなくても、天然というキャラクターの扱いならテレビのバラエティ番組で演じられているから多少はみんなもわかっているんじゃないかな」

クモの巣が窓辺ですこしずつおおきくなっていく。光をうけて白くかがやきながら、風をうけて敏感なアンテナみたいに小刻みにふるえている。その巣の完成を待たずにチャイムが鳴り、私たちは教室へもどった。

数学の授業中、私がいつものように教師の眼鏡をずらしているとサイレンが鳴り響いた。避難訓練である。全校生徒で運動場に出て点呼をとられる予定だった。私たちは教室を出て移動を開始する。階段を降りているときに事件が起きた。おたがいの体を押しあってふざけていた不良のひとりが、蓮見恵一郎の背中にぶつかってしまったのだ。

彼が階段をふみはずした瞬間を、私は、すこしはなれた位置から見ていた。彼が落ちていく。私はあわてて透明な腕をのばし、蓮見恵一郎の手をつかんだ。つよく握りしめ、落下を食い止める。私は両足をふんばらなくてはいけなかった。透明な腕を通じて彼の体重が私の体にぶらさがっていたからだ。

握手をするように彼の手を握り、彼もまた透明な手を握りかえしていた。周囲の目には、彼が右腕をぴんとのばした状態で、姿勢を立て直し、階段の手すりにしがみついたように見えただろう。大事にはいたらなかった。不良は蓮見恵一郎にかるくあやまってさっさと階段を降りていく。

私は透明な腕をひっこめて彼にちかづいた。手すりにしがみついた姿勢のまま、彼はおどろいた表情で自分の手を見つめている。手のひらに感触がのこっているのだろう。私の手にも、それはあった。ぎゅっと握りしめた力強さや、あたたかみが、透明な腕を経由してつたわってきたのだ。しかしそのことを彼にはしらせない。私は自分の手を後ろにまわして言った。

「幽霊だ。蓮見くんをたすけるのがちらっと見えたよ」

蓮見恵一郎はうなずいて視線をさまよわせる。居もしない幽霊をさがしているのだ。階段にはもう私と彼しかいなかった。避難訓練の喧噪《けんそう》が遠くから聞こえる。

「こんなにうれしい日はない。幽霊と握手ができるなんて」

彼が私を見て、目をほそめた。急に胸がくるしくなって、私はそっぽをむく。

「はやく行こう、遅れちゃう」

「うん」

彼が階段をふみはずす瞬間を見ていたのも、手をのばすことができたのも、無意識にその姿を目で追いかけていたからにちがいない。階段を降りながら私はおもう。自分は彼に好意を抱いているのではないか。それはいわゆる恋愛感情と呼べる類《たぐ》いのものだ。いや、わからない。確証はないけれど、それにちかい感情が、自分の中にある。

3

度重なる心霊現象を問題視したのか、学校側が休日におはらいをおこなった。盛り塩と御神酒《おみき》で校舎が清められる。霊感少女と呼ばれる私のもとに数人の生徒がやってきて、「幽霊の気配は消えた？　それとも、まだいる？」などと質問をうけた。すっかり幽霊はいなくなったし、もう心霊現象はおこらないだろう、と私は返事をした。霊感少女を演じるのは、そろそろやめておいたほうがいい。そのように判断したのだ。

幽霊がいなくなったという話がひろまると、休みがちになっていた仲良しの友人たちが続々と学校生活に復帰する。はじめのうち彼らは気まずい表情で私と距離を置こうとした。私はその心情を察する。学校を休むほどの精神的ショックを彼らは受けたのだ。その原因となる幽霊は私が連れてきたことになっている。すぐさま元通りの関係性を築くのはむずかしいだろう。そう危惧《きぐ》したけれど、翌日にはもう以前とおなじように笑いあうことができていた。十人ほどのいつものメンバーがそろって、席を囲んでテレビや芸能人の話をする。休憩時間になっても、私はひとりにならない。仲良しグループのだれかが話し相手になってくれる。話し上手の友人がいつもおかしな話をしてくれて、華やかでエネルギーに満ちあふれた時間をすごすことができる。

「幽霊ってほんとうにいたんだね」

「マジやばかったよ。泣きそうだったもん」

幽霊に足をつかまれたことを友人Aはわすれていない。心霊現象は私の自作自演だったのだ、と白状することはできなかった。そうしようとすれば、念力のことも説明しなくてはならなくなる。そこで私はあいまいにあやまっておいた。

「みんな、ごめんね。全部、私のせいなんだ。ほんとうにごめんなさい」

復帰のお祝いに仲良しグループのみんなで出かけた。ボウリング、カラオケ、ゲームセンター、私たちはくたくたになるまであそんで、最後にファミレスでおしゃべりをする。みんながいない時期、私は霊感少女として様々な心霊写真を検証したという話をする。うちのクラスの男子とこっくりさんをしたこともおしえる。私はおもしろい話をしていたつもりだったが、霊障にトラウマのあるみんなは深刻な表情になり、こっくりさんに使用した私のお守りの十円玉を所持しているという蓮見恵一郎のことをみんなは本気で心配しはじめてしまう。

「大丈夫なの、そいつ」

「……ってか、そいつ、だれ？　蓮見恵一郎？　そんなやつ、クラスにいたっけ？」

「星野にしか見えない幽霊だったらどうする？」

「こわっ！」

「みんなは？　学校に来てないとき、うちで何してたの？」

私は質問する。ひたすら音楽を聴いていたという者や、父親と釣りに出かけたという者がいたかとおもえば、真面目に勉強していたという者もいる。きれいでおしとやかな友人Bが、「休んでるとき、パンツ食ったの」などと回答したので、私はすっかりおどろいてしまう。

「え⁉　パンツ食べちゃったの？　なんで？　どうしてそんなことしようとおもったの⁉」

ファミレスの店内にひびきわたるほどの声を出してしまう。その場にいたみんなが、きょとんとした顔つきで私を見ていた。友人Bは、はずかしそうに頰を赤らめてうつむいてしまう。いつも私を子どもあつかいして頭をなでようとするイケメン男子の藤川が冷静な口調で言った。

「【パンツ、食った】じゃねえよ。【パン、作った】って言ったんだよ。強力粉《きょうりきこ》とドライイーストをぬるま湯でまぜてこねて発酵させて生地をやすませて切り分けて形をととのえてパンを焼いたって意味だろ。文脈から察しろよ」

そしてまた私の天然がいじられるパターンだ。グループを構成する仲間たちには、それぞれに役割がある。みんなをひっぱっていく司会者のような存在、だれかがおかしなことを言うとツッコミをいれる友人。バラエティ番組の収録風景のようだ。友人Aは気の利いた発言で会話のアシストをする。きれいでおしとやかな友人Bは、にこにことほほえんでいるだけでいい。私はすこし的外れなことを言って場をわかせる役だ。

「みんなさあ、私に天然というレッテルを貼ってる、そのこと、わかってる?」

私がそう言うと、お調子者の男子が茶化《ちゃか》す。

「レッテルを貼ってる、わかってる。韻《いん》をふんでる、星野、さえてる」

「ラップみたいにするんじゃない!」

会話はすすまない。私が博識ぶったことを言っても流されてしまう。ほとんどの時間、それでもたのしい。私は天然という役割を演じる。みんなと共有する場を大事にしたかったし、そのために演じる行為は、いわゆる音楽のセッションみたいなものだ。だけど、みんなとわかれてひとりで電車に乗っているときなど、つかれてため息が出てしまう。天然という枠組みに押しこめられて窮屈《きゆうくつ》に感じていた部分があったのだろう。電車にゆられながら目をつむり、蓮見恵一郎をおもいだす。硬貨に人差し指をのせたときのことや、窓辺のクモの巣をながめたしずかな時間を。

仲良しグループのみんなが学校生活に復帰すると、教室で蓮見恵一郎と言葉を交わす頻度も減ってしまった。しかしメールアドレスの交換をしておいたので、何かと理由をつけては連絡をとっている。私は彼と話をしてみたかったし、彼はこっくりさんに私を誘いたがっているようだった。ある日の放課後、私たちは図書室でまちあわせをした。

「中学の同級生ともこっくりさんをしてみたけど、星野さんといっしょのときみたいには十円玉がうごいてくれなかったんだ」

「でしょうね」

「あの日は、星野さんの霊感にひきよせられて、霊が協力してくれたのかもしれないな」

蓮見恵一郎は真剣に幽霊のことだけをかんがえている。むきあってすわっていても、彼には私のことが見えておらず、死後の世界ばかりをのぞきこんでいるのだ。さみしいような気持ちに、ならんこともない。

「僕といっしょに、また、こっくりさんをしてほしいんだけど」

「今日？　いいよ、どこでやる？」

「うちに来てくれると、ありがたい」

私たちは学校を後にして彼の自宅へとむかう。徒歩で十五分ほどの場所にあるらしい。彼の案内で古めかしい一軒家のならぶ地域へと入っていった。神社や石の階段があり、野良猫の横切る路地を通った。竹藪《たけやぶ》をながめながらお地蔵様の前を通りすぎて、夕闇のせまる空の下、私たちは連れだってあるく。

いきなり自宅にさそわれて、まだ心の準備が、と私はおちつかない。しかし自宅でなければならない理由が彼にはあった。

「妹の部屋で、ためしてみたいんだ。もしかしたら、妹の霊が返事をしてくれるかもしれない」

彼の妹の名前は蓮見華《はな》。九歳のときに亡くなった。母親の目の前でダンプカーにひかれたそうである。蓮見恵一郎は妹のことを心の傷として抱えているようだ。彼女が死後の世界で幸福になれているかどうかを気にかけている。私は彼のやろうとしていることに従うつもりだった。そして心苦しいけれど、妹さんのふりをして十円硬貨をうごかし、彼に返事をしてあげよう。そうすれば心の傷もすこしは癒《い》えるのではないか。だけど、それは、ほんとうにいいことなのだろうか。嘘をついて妹の幽霊がいたなどと主張すれば、いつまでも自分は彼の前で霊感少女を演じなくてはならなくなる。どうする？　やめておくべき？　家にむかって移動する間、心がゆれうごく。しかし結局、その日のこっくりさんは中止となった。

蓮見家の前に到着する。古くからあるような和風の一軒家だ。瓦《かわら》屋根を持ち、玄関は引き戸だ。石垣が土地をぐるりと囲み、荒れた庭がひろがっている。車が二台も駐車されていた。片方は黒色の乗用車だ。それを見て蓮見恵一郎は怪訝《けげん》な顔をする。眉間《みけん》にしわをよせ、すこしかんがえるような表情を見せると、彼は言った。

「ごめん、星野さん、今日はやめておこう」

「どうして？」

「しりあいのお医者さんの車だ」

「お医者さん？　なんでお医者さんの車が？」

「うちの母が、ちょっとね……」

彼のお母さんは、目の前で娘を失って以来、心に波があるという。普段は大丈夫だが、月に何度かパニックになるらしい。しりあいのお医者さんの車があるということは、今日はそういう日なのかもしれない、と彼は言う。

「帰ったほうがよさそうだね」

「せっかく来てくれたのに、ごめん」

そんな状態のお母さんにご挨拶《あいさつ》できるほど私の心もつよくはない。駅前まで送ると彼は言ってくれたが、私はそれを断る。

「帰り道はわかる。それより、はやいとこ、お母さんのところに行ってあげたほうがいいんじゃないかな、蓮見くん。ばいばい、また、学校で会おう」

彼はすまなそうにうなずいて玄関にむかった。彼の姿が家の奥に消えるまで私はその背中を見つめる。同い年の男子にくらべて彼の背中はちいさい。まるで中学生のようにほっそりしている。だからよけい、彼の体にのしかかっている運命の重さや過酷さのようなものを感じてしまうのだ。

私と蓮見恵一郎が廊下で立ち話をしたり、二人で連れ立って学校の外をあるいたりする様を、仲良しグループの人たちにもしっかりと目撃されていた。「あいつのどこがいいの?」などとイケメン男子の藤川にたずねられたので、「ほっといてよ」と私は言い返す。藤川は不機嫌そうな顔で「そうかよ」と言った。後に友人Aからメールでおそわったのだが、藤川はすこしだけ私に気があったらしい。想像もしていなかった話に私はおどろいた。彼が不機嫌になったのは、私を他の男子にとられたことに起因しているのだと友人Aは主張する。しかし冷静になってみれば、そんなことあるはずもなく、少女漫画好きの友人Aの妄想にちがいない。

事件が起きたのは週末だった。その日は母方の祖母の一周忌で、親戚のあつまりが大叔父の邸宅でおこなわれるという。父の運転する軽自動車に乗りこんで一時間ほどドライブする。車は郊外にむかい、山道へと入っていった。フロントガラスにうちつける雨をワイパーがしきりに拭《ぬぐ》う。家を出発する前に、携帯電話を充電してくればよかった。車内でメールをながめていたところ、電池の残量がすくないことに気付く。

大叔父の邸宅は山を切り開いた場所にある。広大な庭には観光バスが何台もとめられるような駐車スペースがあり、すでに親戚たちの車がならんでいた。門に設置されたインターホンを押すと、叔母《おば》が出てきて私たちをまねきいれてくれた。門から母屋まで和風庭園をながめながら傘をさして移動する。

屋内に入ると、私を発見して、親戚のちいさな子どもたちが駆け寄ってきた。

「わー！　泉姉ちゃんだ！」

「あそんでー！」

子どもたちは勢いよく私の体にしがみつく。そのせいでふらついてしまい、玄関にかざってあった立派な置物をおしりで押してしまう。たしか数百万円もする代物だ。それはかたむいて、床にたおれる寸前、ぴたりと静止する。念力をつかったのは叔母だ。目のうごきでなんとなくわかる。置物が垂直に立て直された。

「こら！　あんたたち！　気をつけなさい！」

叔母がしかると、子どもたちは「にげろー！」とさけんで飛んでいく。飛んでいくというのは比喩《ひゆ》ではない。体をうかべて床の上をすべるように移動していったのだ。体重の軽いうちは透明な腕で自分自身をささえて飛ぶことができる。私もちいさなときはよくやっていた。

祖母の仏壇に手をあわせ、大叔父たちの宴会のはしっこで料理をつまむ。畳の大広間に長テーブルがおかれて、寿司や唐揚《からあ》げや煮物がならんでいる。母や叔母たちが空《あ》いた皿をかたづけたり、酒が切れていないかを気にしていたりする。大広間と炊事場を行き来する際、母方の家系の者は、透明な腕をつかって盆をはこぶことができるので輸送量が二倍である。しかし腕にかかる重みも二倍であるため、ほんとうにいそがしいとき以外はだれもやらない。

結婚数年目の親戚のお姉さんが来ていた。妊娠しており、お腹がはちきれんばかりに丸くなっている。母や叔母たちがそのお腹を見せてもらっていた。

「泉、あんたも、さわらせてもらいなさい！」

母が私を手招きする。親戚のお姉さんに許可をもらって、私は透明な腕をのばす。親戚のお姉さんのお腹は、見事に西瓜《すいか》のような球体である。うすい衣類がその表面をおおっていた。透明な腕をそっと球体にさしこむ。子宮内でまどろんでいる胎児の手らしきものが、透明な腕の指先にそっと触れた。胎児のちいさな手の感触や熱が、私の人差し指にもつたわってきて感動する。

「つわりは？　もうない？」

母が親戚のお姉さんに聞く。お腹をさすりながら彼女は言った。

「もう落ちつきました。そのかわり、いたずらがひどいですね。料理中は特に気をつけてないと」

お腹の中の赤ん坊も念力がつかえる。透明な腕をのばして、お母さんの周囲にあるものをべたべたとさわるのだ。それを私たちは、赤ちゃんのいたずらとよんでいる。筋力がないため、念力で物体をうごかすことはできない。しかし、料理をしているときなど、熱したフライパンや鍋《なべ》を胎児がさわらないように気をつけなくてはならない。電車に乗っているとき、痴漢が発生したとかんちがいされて、そばにいたサラリーマンがえん罪で逮捕されないように注意するひつようもある。

酔っぱらった大叔父がやってきて、私の横に、どかりとすわった。大叔父は白い髭《ひげ》をのばした元気のいい老人だ。細身だが大食漢で、だれよりもお酒を飲む。

「どれ、赤ん坊をさわらせなさい」

大叔父がいやらしい顔で言うので、叔母たちが立ちふさがって親戚のお姉さんを守った。子宮内に手を入れて胎児をさわっていいのは女性だけと決まっている。

大叔父の魔の手から逃げ出して、私と親戚のお姉さんは、縁側に腰かけた。縁側からは雨に濡れた和風庭園をながめることができる。緑がいつもより濃い。池の表面に波紋ができては消え、軒先から水滴が落ちている。湿った風が頬に気持ちよかった。

「あの人と、どこでしりあったんだっけ?」

大広間で酒を飲まされて酔いつぶれている若い男性がいる。親戚のお姉さんの旦那さんだ。

「会社の同僚。手品マニアだったんだ」

「手品マニア?」

「忘年会でね、私が手品を披露したわけ。空中に瓶ビールとコップをうかせて、注いでみせたの。このこと、みんなにはひみつね」

おそらく手品ではない。透明な腕をつかったのだろう。

「場は大盛り上がり。調子にのって、手をつかわずに上司のネクタイをしめてみせたら、これも大受け。あのときほど、念力をつかえてよかった！　っておもったことはないよ。もしも念力だとばれてたら全員が消されていたかもしれないけどね。まあそれはともかく、あの人も自慢の手品を披露することになってたの」

彼女の手品があまりにもあざやかだったので、彼のはさっぱり盛り上がらなかったという。手品マニアを自称する彼は傷つき、彼女に土下座をして、弟子入りを志願したそうだ。なかなかたのしそうな職場である。

「それから、なんやかんやあって、私のやっているのが手品なんかじゃないってばれて、超能力者だってことを白状せざるを得なかった。だから、結婚したんだよ」

「あの人を守ったんだね」

口封じのために消されない唯一の方法、それは、配偶者になることだ。

「守ったわけじゃないよ。結果は変わらなかったとおもう。むしろ、この人とだったら結婚してもいい、って直感したから白状したのかもね」

「ひみつを話すって、どんな感じ？」

「いいもんだよ。ほんとうの自分を見せられるってのは」

「いいなあ」

こんな能力があったところで、だれかに自慢できるわけでもない。それどころか、ひみつをかかえているという意識が、他人との間に一枚、壁をつくってしまう。どんなに親しい友人ができても、この人は自分のことを何もかもしってるわけじゃないのだ、とおもえてしまう。だからこんな能力はいらない。もっとふつうの家系に生まれたかった。

そのとき、子どもたちが廊下のむこうから飛んできて、私の首に次々としがみついた。

「あそんで！　あそんで！」とせがまれて、しかたなく私は親戚のお姉さんとの会話を中断する。

子どもたちとあそんでいるうちに時間が過ぎた。夕方になり親戚たちが帰っていく。大叔父に挨拶して私と父母も帰路についた。父はお酒を飲んでいたので帰りは母が運転する。母はあまり車を運転しない人だ。ワイパーをうごかそうとしたところ、あやまってウインカーを点滅させたりする。

山道をゆるゆると走行しているとき、私の携帯電話にメールが届いた。蓮見恵一郎からだ。しかしその内容に私は首をかしげてしまう。

待ち合わせ場所、星野さんも来ますか？

雨なので、すこしだけ、おくれます。

御友人の連絡先がわからないので、お伝えしていただけますか?

蓮見恵一郎

なんだこのメールは? 私たち会う約束でもしていただろうか。いや、そんな記憶はなかったし、過去のメールを読み返してもそれらしい記述はない。私は軽自動車の後部座席で携帯電話の画面とにらみあった。まがりくねった山道でそうしていると、乗り物酔いで気分がわるくなってくる。ともかく蓮見恵一郎にメールを送信してたずねてみた。その結果、判明する。

蓮見恵一郎は本日の正午に、私の友人を名乗る人物から呼び出しをうけたらしい。自宅に電話がかかってきて「早急に会って話したいことがある」と言われたそうだ。午後六時に駅ビルで待ち合わせをしているという。しかし私にはまったく心当たりがない。蓮見恵一郎はだれかにだまされているんじゃないだろうか。

母が慎重に山道を走行し、カーブを曲がるたびに、体が右へかたむいたり、左へかたむいたりする。私は蓮見恵一郎あてのメールを作成した。待ち合わせ場所には行かないように、という旨《むね》の文章だ。送信しようとしたとき、画面が暗くなった。電池切れの表示が出ている。なんというタイミングのわるさ。私は愕然としてしまう。

「お母さん、私だけ駅でおろしてほしいんだけどさ、六時までに着く?」

運転席の母に聞いた。

「六時？　ちょっとそれはむずかしいかなあ」

ワイパーが左右にせわしなくうごいて心をせかす。車と携帯電話をつないで充電するためのケーブルは手元にはなかった。蓮見恵一郎は電話の指示通り、駅へむかう可能性がある。なんだかいやな予感がした。

4

駅前の交差点には傘をさした人が行き交っていた。車の交通量もおおく、母は緊張しながらハンドルをにぎっている。この時期はまだ日没の時間ではないけれど、雨雲が空をおおっているせいでうす暗い。両親には、急遽《きゅうきょ》、駅前で友だちに会わなくてはならなくなったと説明する。時刻は午後六時を過ぎていた。駅ビルの入り口付近で車を一時停止してもらい、後部座席から外に出る。

「これを持って行きなさい」

助手席の父が傘をかしてくれた。

「あんまりおそくならないでね」

母は車を発進させる。テールランプが遠ざかって他の車にまぎれこむ。

私は駅ビルに入って蓮見恵一郎をさがした。彼が呼び出された詳細な場所はわかっていなかったので、あるきまわって見つける以外に方法はない。駅ビルは三階建てで、一階はスーパー、二階と三階には雑貨店や服飾店がならんでいた。しかし冷静になってみれば、それほど深刻なことだろうか。はしるのをやめて、あるきながら彼の姿をさがす。

たしかに蓮見恵一郎は何者かに呼び出されたようだ。だれが何のためにそんなことをするのかわからないけれど、もしかしたら、ちょっとしたいたずらの可能性もある。彼を呼び出しておいて、実際はだれもそこにあらわれず、蓮見恵一郎が待ちぼうけをくうというような種類のいたずらだ。それだったら、まあ、急ぐほどのことではないかな。

階段は人通りがすくなく、いつもひっそりとしている。フロア移動には、ほとんどの場合、エスカレーターが使用されるからだ。二階をさがし終えて奥まった位置にある階段をのぞきこんだところ、見下ろした先にある踊り場に、平均よりもちいさな体格の少年がいた。私服姿の蓮見恵一郎だ。しかし彼はひとりではなかった。三名のヤンキーに囲まれている。ヤンキーというレッテルを貼ってしまいもうしわけないが、そのように分類するのがもっとものぞましいとおもえるスタイルの少年たちだ。いわゆる不良である。染めている髪や、派手派手しい色合いの服装、周囲を威嚇《いかく》するような立ち姿など、ヤンキーという言葉で画像検索したときに出てきそうな三名だった。彼らは蓮見恵一郎を壁際に追い詰めている。はたしてどういう状況なのかわからないけれど、険悪な雰囲気だ。

「蓮見くん！」

私は二階のフロアから声をかけた。蓮見恵一郎は私を見上げて、顔をくもらせた。見られたくない場面に私がやってきてしまったというような、気まずい表情だった。

「星野さん……」

「なにか、トラブル？」

「うん、ちょっとね。今、財布をとられそうになっているところなんだ」

そんなに冷静に今の状況を説明できるなんて余裕あるんじゃないのかとおもったけれど、彼の額には汗がうかんでいる。ヤンキーたちの背丈は高く、彼らに囲まれて壁を背にしている蓮見恵一郎は、まるで三頭の虎に追い詰められたちいさなねずみのようだ。

それよりも気になることがあった。蓮見恵一郎が私の名前を口にしたとき、ヤンキーたちがおたがいに視線をかわして、どうすべきかを思案するような表情を見せたのである。彼らは私の名前に聞き覚えがあるのだろうか。彼らは偶然にここを通りかかったのではない。私の友人を名乗って蓮見恵一郎を呼び出した人物と関わり合いがあるのでは？

結論から言うと、私の推測はあたっていた。後に判明したところによれば、彼らは雇われていた可能性が高い。三名のヤンキーたちは、この時間、この場所に蓮見恵一郎という少年が来ることをしらされており、彼に難癖をつけてひどい目にあわせることを依頼されていたようだ。

「藤川だよ。きっとあいつが仕組んだの」。友人Aが後にそんなメールをくれた。それが真実かどうかはともかく。

「あのう……」

私はおそるおそる、階段の踊り場に声をかける。ともかくこのヤンキー包囲網を抜けださなくてはいけない。彼らが私をふりかえる。その隙《すき》に蓮見恵一郎がそっと壁沿いに移動して彼らのそばをはなれようとした。

「待てよ。話がおわってねえだろ」

ヤンキーのひとりが蓮見恵一郎の肩をつかんだ。彼が痛そうな顔をする。ヤンキーは私に言った。

「こいつに話がある。おまえはどっかいってろ」

「やめてください」

蓮見恵一郎がその腕をふりほどく。彼の反抗的な態度がゆるせなかったらしく、ヤンキーの一人が蓮見恵一郎の胸ぐらをつかんで威嚇してみせた。私はこわくなって一刻も早くその場を去りたくなってしまう。ふと横を見ると、壁に火災警報器が設置されていたので、それを押した。

「今のうち！」

ボタンが押しこまれた瞬間、けたたましい警報音が店内に鳴り響く。

私がさけぶと、蓮見恵一郎はうなずいて階段を駆けあがりはじめる。ヤンキーたちは警報器の音に気をとられていたが、すぐさま蓮見恵一郎に追いすがろうとする。私は透明な腕をのばして、先頭にいたヤンキーの足を引っかけた。がくん、とよろけて階段でつんのめる。先頭の一人がそうなったので、後続のふたりは通せんぼされた状態になり、すぐには追ってこられない。

私たちは二階のフロアを駆け抜けた。ちいさな店がひしめいている。警報器の音が鳴り響いていたので、客や店員が通路で立ち止まり、何事かと周囲を見回していた。はしりながら背後を確認すると、三名のヤンキーが追いかけてくるのがわかった。通りすぎざまに服飾店のハンガーラックを念力でうごかして彼らの前にひっぱり出す。店の人にもうしわけないけれど、ヤンキーたちは突然に目の前にすべり出てきたハンガーラックを避けきれず、ぶつかってなぎたおしてしまう。今のうちにと、距離をかせぐ。

人をかきわけながらエスカレーターを駆け下りた。一階のスーパーを私たちは移動する。人混みではぐれないように、いつのまにか手をつないでいた。棚の間にかくれて様子をうかがっていると、ヤンキーたちも一階にやってきて手分けして私たちをさがし始める。ずいぶん怒っている様子だ。外に逃げようとしたが、途中で見つかってしまう。

「いたぞ！」

一人が私たちにせまってくる。そいつのすぐそばに特売の缶詰が積み上がっていた。私は透明な腕をのばして、缶詰をおもいきり突き飛ばす。いきなり横方向にふっとんできたいくつかの缶詰がそいつの側頭部に命中した。他の缶詰もたおれて、痛がっているそいつの足下に、騒々しくちらばった。

別方向からやってくる二人には、ちかくのカートをすべらせてぶつけてやる。ひとつを避けても、また別のカートがすべってくる。四方八方から飛んでくる隕石《いんせき》みたいに、彼らの周囲に店のカートがあつまって立《た》ち往生《おうじょう》させる。スーパーの客や店員は、警報器の音や、ヤンキーたちの怒声や、缶詰のたおれる音や、ひとりでに進むカートなどにとまどっている。

スーパーの奥から私たちは駅ビルの通路に出た。駅の改札がある方と反対側なので、利用者のすくない出入り口だ。重たいガラス製の扉があり、私と蓮見恵一郎はそこを抜けてようやく外に出る。雨粒が空から降り注《そそ》いでいた。私はずっと片方の手に傘を握りしめていたのだが、その手がふるえて傘をうまくさせない。ヤンキーの足を引っかけたときの感触が手にのこっていた。苦労して傘をひろげると、私と蓮見恵一郎は肩をよせあってその中に入る。

背後から声が聞こえた。三人が全速力で駅ビルの通路をはしってくる。ガラス扉が開きっぱなしになっていた。ロケットみたいにそこから飛び出して私たちにつかみかかるつもりだったのだろう。しかし彼らが外に出る寸前、私は透明な腕をのばし、分厚いガラス扉をいきおいよく閉ざした。ガラス扉は頑丈だった。ヤンキーたちがおもいきりぶつかっても壊れなかったのだから。

彼らが痛みでうめいているうちに、私たちは人通りのおおい交差点に移動する。傘をさした通行人にまぎれて、ようやく安堵の息を吐き出した。

街灯の白い光が濡れた路面に反射していた。父が貸してくれた黒色の紳士傘に、ぱちぱちと花火の音みたいに雨粒が降り注ぐ。蓮見恵一郎は、不思議そうに自分の手のひらを見つめていた。さきほどまで、私とつないでいた方の手だ。彼の見ている前で派手にやらかしてしまった。念力のことをおしえるわけにはいかないので、また、幽霊がやったことにしてみようか。だけど彼は言った。

「幽霊なんて、いなかったんだね」

立ちどまったせいで彼の肩は傘から出てしまう。

「避難訓練の日、階段でたおれそうになった僕の体を、ひっぱってくれたのは幽霊じゃない。星野さんだったんだ。だって、手の感触がいっしょだ」

その晩、友人Aにメールで相談してみた。黒幕は仲良しグループのイケメン藤川ではないか、と彼女は主張する。藤川は顔が広く他校のヤンキーともつきあいがある。そして、私に気があって蓮見恵一郎に嫉妬《しっと》しているらしい（と友人Aは少女漫画じみた妄想をしている）。藤川はしりあいの女の子にでもたのんで私の友人をよそおってもらい、蓮見恵一郎の実家に電話をかけて呼び出したのではないか。彼を痛めつけて胸をスカッとさせるために。だけどそのことを藤川に問いただすのは得策ではない、とも友人Aはメールに書いていた。クラスの仲良しグループにおいて藤川の影響力は大きかった。彼はいつも場の中心だったし、敵対すればもうグループ内にはいられないだろう。

だけど私は友人Aほど理性的ではない。翌朝、教室で藤川の顔を見つけると、さっそく私は彼のところに駆け寄って、そばにあった椅子を踏み台にジャンプし、彼の頭を手のひらではたいたのである。すでに登校していた友人Aは唖然《あぜん》とした表情で私の行動を見ていた。

「何すんだよ！」

藤川は頭をさすりながら私を見下ろす。

「あんたがやったの？」

「何のことだ？」

「昨日のこと！」

「しらねーよ。何なんだよ。わかんねーよ」

しらないふりをしているだけなのか、それともほんとうにしらないのか、判断できなかった。昨日のことを説明してやると、藤川は腕組みをして目をつむり、ぐるりと首をまわす。それから、友人Aに目をむけた。

「おまえの仕業だな」

藤川に名指しされて、友人Aは虚《きょ》をつかれたような顔になる。私がおどろいているところに、蓮見恵一郎が登校してきた。彼は私のほうをちらりと見て、すこしだけ会釈《えしゃく》して、自分の席へとむかう。

「蓮見くん」

彼に声をかけたのは藤川だった。

「財布、見せてくれないかな」

「……なんで？」

蓮見恵一郎は怪訝そうな様子である。おそらくこの二人はほとんど会話もしたことがないはずだ。警戒するのは当然だろう。藤川は言った。

「きみは星野から十円玉をあずかっていただろう。こっくりさんをやったときの十円玉だ。その日の話、星野から聞いてるんだよ。そのときの十円玉を見せてくれないか。確認したいことがあるんだ」

蓮見恵一郎は私の方をちらりと見る。私がうなずいたのを確認して、財布から例の十円硬貨を取り出して藤川に差し出す。指先につまんで藤川は硬貨の裏表を子細にながめる。

友人Aをふりかえって彼は言った。

「おまえがほしかったのはこれだろ。ヤンキーにおそわせて、財布ごと盗む気だったんだよな」

私がお守りにしていた十円硬貨には刻印ミスがある。藤川はその硬貨の存在に気付いていたらしい。以前にゲームセンターで私の財布をひろったときのことだ。勝手に自販機でジュースを買おうとして、その硬貨を偶然に見ていたという。

「そのときは気にしなかったんだけどよ、この前、テレビでやってたんだ。そういうミスコインにはプレミアがついてるって」

私の十円硬貨には、表面に刻印されているはずの平等院鳳凰堂《びょうどういんほうおうどう》が見当たらなかった。そのかわりに【10】という数字と製造年が鏡像になって刻印されている。藤川によればこれは陰打《かげう》ちと呼ばれるミスコインらしい。十円硬貨を製造する際、ひとつ前の硬貨がプレス機からはがれずに、くっついた状態で次の硬貨をプレスしてしまったのだ。このようなミスコインは愛好家の間で数十万円で取引されているという。数十万円⁉ 私はおどろいた。

友人Aはその価値に気付いていたのではないかと藤川は言った。私が財布をなくした際、彼女だけが親身になってさがしていたのはそのためではないのかと。

「いつか隙をみて自分のものにしようとたくらんでたんじゃねえの？」

しかし、私がその十円硬貨でこっくりさんをおこない、蓮見恵一郎に貸したことによって、狙いは彼の財布へとむけられたというわけだ。

「ふうん、でも、証拠は？」

友人Aがあきれたように言った。

「ねえよ、そんなもんは。全部、俺の想像だ」

「想像力、たくましいんだね」

藤川は肩をすくめて、世にもめずらしい十円硬貨を蓮見恵一郎に返す。それから私をふりかえり、頭をなでくりまわした。

「さっき俺の頭をはたいたバツだ！」

「やめろって！」

私におこられて、イケメン藤川は他の男子のところへ逃げていった。そしてまた普段通りに、グループでたのしそうに盛り上がる。友人Aもいっしょだ。気の利いた言葉で会話のアシストをおこなう。おしゃべりの最中、彼女は私をちらりと見て微笑をうかべた。背筋がひやりとして、寒気がする。

「今、何の話してたの？」

蓮見恵一郎が首をかしげていた。財布に十円硬貨をもどすところだった。私は頭を整理して、ひとつの真実にたどりつく。

「蓮見くん！　その十円、か、返せー！」

放課後に私は蓮見家をおとずれた。玄関は引き戸タイプで、土間に靴がならんでいる。私は緊張しながら彼のお母さんと対面した。お母さんは繊細《せんさい》な雰囲気の美人だった。色が白く、長いまつげの影が目元に落ちている。

「おかえりなさい、恵一郎」

「ただいま、お母さん」

息子の手をとり彼女は言った。まるでお芝居のひと場面のようだ。蓮見恵一郎は私を紹介してくれる。

「こちらは、星野泉さん」

私は頭をさげる。お母さんはすこしだけ身構えているようだった。

「よろしくお願いします」

「よろしく、星野さん」

靴を脱いで玄関にそろえる。蓮見恵一郎の部屋に案内されて、二人でいっしょに彼のコレクションの心霊写真をながめた。合成だとおもわれる写真もあれば、これはやばい代物だという写真もあった。それにしても彼の部屋は整理が行き届いている。家族から魔境と呼ばれている私の部屋とは正反対だ。彼のお母さんが紅茶と切り分けたロールケーキを持ってきてくれた。私の前に広げられた心霊写真の本に気付いて、お母さんが心配そうに言う。

「そういうの、こわくない?」

「平気です。それに私、すこしだけ霊感があるんです」

「霊感?」

「日常的に、見えるんです」

蓮見恵一郎と視線を交わす。自分に霊感がないことはすでに白状している。だけど今日は、そういう設定の日なのだ。お母さんが退室すると、蓮見恵一郎のパソコンで調べ物をしてもらった。インターネットで十円玉のミスコインの相場について検索する。ネットオークションのサイトによれば、たしかに私の十円玉には、数十万円の値段がつきそうだった。オークションの出品のやり方を二人で勉強しているうちに一時間ほどが経過する。

私はお手洗いを借りた。手をあらって廊下に出てみると、窓から差しこむ西日が壁をくっきりと赤色にかがやかせている。しんみりとした、しずかな気配が家の中にたちこめている。蓮見恵一郎の部屋にもどる途中、妹さんの部屋を発見する。入り口の襖《ふすま》が開いていた。立ち止まり、室内をのぞく。勉強机とクローゼットがあるだけの畳部屋だ。窓にさがっているカーテン生地が夕日を透かしている。生前に使用されていたであろうランドセルや、家族写真の入った写真立てが勉強机に置かれていた。

廊下の床板をふむ音がちかづいてくる。お母さんの声が背後から聞こえた。

「華のこと、恵一郎から聞いてる？」

　私はうなずく。

「九歳のとき、事故で……」

　お母さんは私の横で娘の部屋を見つめる。色白の顔は、はかない睡蓮《すいれん》のようだ。姓に蓮という字が入っているからなのか、そんな想像をしてしまう。娘が目の前でひかれてしまい、それからこの人は、幾度も心のバランスをくずしているという。蓮見恵一郎が心霊現象を信じていたのも妹の死が関係している。蓮見華の魂が、その日に完全消滅したのではなく、今もそのかけらがかすかにでもただよっているのだと彼は願っていた。だけどもしかしたら、彼はお母さんのためにもそう願っていたのかもしれない。

　私はひとつ深呼吸すると、すこしふらつくような演技をして、蓮見華の部屋に入った。部屋の真ん中に立って、周囲に視線をさまよわせる。お母さんが、とまどったように声をかけた。

「どうしたの？　だいじょうぶ？」

　そのとき、部屋のカーテンがすこしだけゆれた。窓は閉ざされているため、風が入ってくるはずもないのに、カーテンが波打ったのである。お母さんがそれに気付いたらしく、はっとした顔をする。私は胸に手をあてて呼吸をあらくさせた。

「……ちかくに、います」

お母さんが問いかけるようなまなざしをする。私は、勉強机に置かれたランドセルへと視線をむけた。

「いたんです、さっき、女の子が」

ぱたん、とひとりでに写真立てがたおれる。私はちかづいて、それを立て直した。旅行先で撮影されたものらしい写真には、両親と二人の兄妹が写っている。蓮見華はお母さんに顔立ちの似た少女だ。

お母さんが部屋の入り口で息をつめて私の行動の一部始終を見ている。何が起きているのかを理解しようと努めているような表情だ。私は彼女にちかづいて、その手をとった。彼女の手は指先まですっかり冷たい。怯《おび》えている様子だったが、私をふりほどこうとはしなかった。手をひくと、部屋に入ってきてくれる。

「ここに座ってください」

勉強机の椅子へお母さんを誘導する。彼女は腰かけて私を見上げる。安心させるように、両肩へ手を置いた。

「私、声が聞こえるんです。亡くなった人の声が」

お母さんは首回りのひらいた服を着ている。ほっそりした鎖骨《さこつ》を見て、私は胸が痛んだ。目の前で娘を失って、どれほどのかなしみが、彼女の骨格におそいかかったのだろう。肩に置いた私の手に、お母さんが、手をかさねる。

そのとき、クローゼットの中から、かり、かり、と音がした。だれかがそこにひそんで、クローゼットの扉の裏側を爪でひっかいているような音だ。お母さんが声をかける。

「恵一郎?」

息子がかくれているのではと想像したらしい。もちろん、そうではない。廊下の方から足音が聞こえて、蓮見恵一郎が部屋の入り口にあらわれる。椅子にすわっているお母さんと、その肩に手を置いた私を見て、首をかしげる。

「どういう状況?」

その間にもクローゼットの中から音がする。かり、かり、とひっかくような音のほかにも、衣類のかかったハンガーのゆれる音まで聞こえる。私はクローゼットにちかづいて、おそるおそる扉を開けた。お母さんが息を呑む。だれもいなかった。蓮見華の服がならんでいるだけだ。音は途絶えてしまったが、すこしだけ衣服がゆれている。

私はクローゼットの奥を見つめて、想像をふくらませた。そこに、ちいさな女の子が膝《ひざ》をかかえてかくれんぼしている様子をおもいえがく。視線の高さをあわせるみたいに、私は膝をおりまげ、身を屈《かが》ませた。私は想像の女の子に呼びかける。

「こんにちは、どうしたの、こんなところで」

蓮見華。そこに彼女がいる。そのように自己暗示をかけた。交通事故によって即死状態でこの世を去った少女。写真立ての中で笑顔を見せている少女。その子がクローゼットの奥で膝をかかえて、私に何かをうったえかけている。その声に、耳をすます。

「……うん、わかった。つたえておくね。だから、もう、だいじょうぶよ」

私がうなずいてあげると、蓮見華は、立ち上がった。

バチン、と音をたてて窓のクレセント錠が開く。勢いよく窓が開かれると、風が部屋に入ってきて、カーテンがふくらんだ。お母さんが悲鳴をあげる。蓮見恵一郎もおどろいていた。二人はまるで、蓮見華の幽霊が手に触れていったかのように、自分の右手を見つめている。想像の蓮見華は、すこしほほえんで、窓の外へ消えた。風にとけて、空の彼方《かなた》に。

私は息を吐き出してその場に崩れ落ちた。緊張の糸がきれて全身の力が抜けたかのように見えただろう。

蓮見恵一郎に肩をかしてもらい、ダイニングに移動する。三人でテーブルを囲み、温かいお茶を飲む。湯飲みから立ち上る湯気を見つめながら、さきほどあったことを私は話す。蓮見華の部屋で彼女の幽霊を見たこと。クローゼットに彼女がいて、お母さんあての伝言をたのまれたこと。すべて作り話だったが、お母さんは信じた。

「あの子は、こう言ってました。お母さん、私のことは気にしないで。だいじょうぶ、いつもそばにいるよ、だそうです」

涙をこらえるような表情で、お母さんはうなずいていた。

家を後にするとき深々と頭をさげる。「また来てね」とお母さんに言われてうれしくなった。帰り道、駅まで蓮見恵一郎が見送ってくれる。彼は自転車を押して私の横をならんであるいた。街灯の下を通りすぎるときだけ、からからと車輪の影がアスファルトにできる。蓮見恵一郎から礼を言われた。今日のは二人でついた嘘だ。嘘はよくないことだけど、ついていい種類の嘘だったと信じている。

駅がちかくなって、わかれるのがなごり惜しい。雑踏の狭間で私たちは立ち話をする。人が大勢、行き来していた。空は深海のような暗い青色だ。

「星野さんがうらやましいよ。僕たちにもそんな超能力があればよかったのに。うちの母も、華をたすけてやれただろうな。車にひかれそうになっている華の背中を、超能力で押してあげるんだ。そうすれば、車とぶつからなくて、すんだかもしれない」

蓮見恵一郎の長いまつげの下で、目がすこしだけ赤くなっている。あまりその顔を見つめたら呼吸がくるしくなるので、私は空に目をむけた。星がかがやきはじめている。私は彼に念力のことを白状していたが、ひみつをしった者がどうなるのかという説明はまだしていない。口封じで消されないように、彼を守るための唯一の方法がある。だけどその話をするのは、非常に気まずい。だって脅迫みたいではないか。ことわったら、口封じのために消されるだなんて。

「そういえば、ひとつだけ、気になってることがあるんだ」

私は彼に聞いてみた。

「さっき華ちゃんの部屋で、窓が開いたとき、二人とも手を見てたよね」

演技を終える寸前のことだ。私が透明な腕をつかって窓を開放し、風が室内に入りこんでカーテンをはためかせた。その際、蓮見恵一郎とお母さんは、おどろいた表情で自分の右手を見つめていたのである。私にはそれが不思議でならなかった。

「あれにはすっかりおどろいたよ。だって星野さん、超能力で僕たちの手に触れたでしょう？」

蓮見恵一郎はそうおしえてくれた。

「そのときの感触、おぼえてる？」

「ちいさな手が、さわったみたいだった。まるでほんとうに華のやつが、触れていったみたいに」

「ふうん……」

星を見ながら私はかんがえる。奇妙なことだった。私は、そんなこと、していないのだから。

親戚のお姉さんが無事に出産をおえたので、生まれたての赤ん坊を見に出かけた。産婦人科の駐車場で黒塗りの車から出てくる大叔父に遭遇する。大叔父は私の顔を見ると、

「派手にやったな」と豪快にわらった。私が蓮見恵一郎と手をつないでスーパーの店内を移動している様子が監視カメラによって撮影され、動画共有サイトに投稿されていたのである。私たちの顔にはぼかしが入っていたけれど、勝手にたおれる缶詰や、ひとりでにうごく買い物カートなど、念力を使用した形跡もばっちり映っていた。しかし世間の人々は、CGを使用した作り物の映像だろうと判断し、話題にもなっていなかった。私と両親は、そのことにほっとしている。場合によっては、たくさんの人々が口封じのために消されていたかもしれないからだ。

おそるべし血塗られた家系。こんな能力はいらないし、もっとふつうの家に生まれたかったと、常々、私はおもっていた。だけど最近、すこしだけそのかんがえも変わりつつある。透明な腕がなければ、蓮見恵一郎と出会うことはなかった。彼のお母さんの心のわだかまりを解消することもできなかっただろう。今回の一件を経て、仲良しグループとも適度な距離を保つことができるようになり、天然キャラを割り切って演じるようになった。どんなにいじられても、ふしぎと平気だ。彼らとの会話は表面的なおつきあいだという自覚が生まれた。ほんとうの自分をしっている存在が、私にはちゃんといる。それだけで、社会生活を営む上でどんなことがあってもへっちゃらだとおもえる。

親戚のお姉さんはまだ入院しており、赤ん坊は保育器に入っていた。この産婦人科の病院はうちの一族が経営にかかわっている。看護師の中に親族も何人かいて、新生児が透明な腕で周囲にいたずらをしても、だれもおどろかない。赤ん坊はまだちいさくて、泣くと真っ赤になり、私たちのように言葉もしらず、むきだしの生命体という印象だった。母と私は透明な腕をのばし、保育器の中の手をにぎりしめる。

「ようこそ」

母が赤ん坊に声をかけた。赤ん坊の透明な腕がのびてきて、私たちの頬を不思議そうにぺたぺたとさわっている。保育器越しに声が届くのかよくわからなかったけど、私も話しかける。これからはじまる人生にありったけの祝福をこめながら。

「ようこそ、この世界へ」

この作品『私は存在が空気』は平成二十七年十二月、小社より四六判で刊行されたものです。

初出

「少年ジャンパー」　小社刊『Feel Love vol.17』２０１２年12月
「私は存在が空気」　小社刊『Feel Love vol.20』２０１３年12月
「恋する交差点」　幻冬舎刊『papyrus vol.14』２００７年10月
「スモールライト・アドベンチャー」　小学館刊『Fライフ03』２０１４年11月
【本短編は、漫画『ドラえもん』（藤子・F・不二雄著）に登場する、ひみつ道具「スモールライト」から着想を得たものです】
「ファイアスターター湯川さん」　Amazon「Kindle Singles」２０１５年４月28日
「サイキック人生」　小社ウェブマガジン「コフレ」２０１５年６月15日～８月１日

一〇〇字書評

切り取り線

購買動機（新聞、雑誌名を記入するか、あるいは○をつけてください）

- □（　　　　　　　　　　　　　　）の広告を見て
- □（　　　　　　　　　　　　　　）の書評を見て
- □ 知人のすすめで
- □ タイトルに惹かれて
- □ カバーが良かったから
- □ 内容が面白そうだから
- □ 好きな作家だから
- □ 好きな分野の本だから

・最近、最も感銘を受けた作品名をお書き下さい

・あなたのお好きな作家名をお書き下さい

・その他、ご要望がありましたらお書き下さい

住所	〒				
氏名		職業		年齢	
Eメール	※携帯には配信できません	新刊情報等のメール配信を　希望する・しない			

この本の感想を、編集部までお寄せいただけたらありがたく存じます。今後の企画の参考にさせていただきます。Eメールでも結構です。

いただいた「一〇〇字書評」は、新聞・雑誌等に紹介させていただくことがあります。その場合はお礼として特製図書カードを差し上げます。

前ページの原稿用紙に書評をお書きの上、切り取り、左記までお送り下さい。宛先の住所は不要です。

なお、ご記入いただいたお名前、ご住所等は、書評紹介の事前了解、謝礼のお届けのためだけに利用し、そのほかの目的のために利用することはありません。

〒一〇一 - 八七〇一
祥伝社文庫編集長　坂口芳和
電話　〇三（三二六五）二〇八〇

祥伝社ホームページの「ブックレビュー」からも、書き込めます。

http://www.shodensha.co.jp/bookreview/

祥伝社文庫

私《わたし》は存在《そんざい》が空気《くうき》

平成30年12月20日　初版第1刷発行

著　者　中田永一《なかたえいいち》

発行者　辻　浩明

発行所　祥伝社《しょうでんしゃ》

東京都千代田区神田神保町3-3

〒101-8701

電話　03（3265）2081（販売部）

電話　03（3265）2080（編集部）

電話　03（3265）3622（業務部）

http://www.shodensha.co.jp/

印刷所　萩原印刷

製本所　積信堂

カバーフォーマットデザイン　芥 陽子

Printed in Japan ©2018, Eiichi Nakata ISBN978-4-396-34477-1 C0193